SAMUEL APRENDE A SER FANTASMA

EditorialAlaminos

1

Título: SAMUEL APRENDE A SER FANTASMA

© 2010, Sergio Andrade

© 2011, Sergio Andrade / Editorial Alaminos

Antiguo Libr. Actopan 118 / 42080 / Pachuca, Hidalgo (Méx)

ISBN: 978-0-615-50750-7

Diseño de Portada y Contraportada: SO FAR Design

SAMUEL APRENDE A SER FANTASMA

Sergio Andrade

Primera Parte

CAPÍTULO I

A las 9:30 de la noche, casi veinticuatro horas después de haberle dado a Luisa el regalo y la carta donde le pedía perdón, le confirmaba su amor de toda la vida y le aseguraba haber aprendido, ser un hombre nuevo y querer vivir para demostrárselo y hacerla feliz, Samuel empezó a sentir los temblores.

Le extrañó que no fueran como algunas veces - concretos, localizados y con manifestaciones a flor de piel-; éstos eran internos, imprecisos, y daban la sensación de que al ocurrir estaban desconectando algo.

Le impresionó que el primer trancazo de las vibraciones le hubiese hecho sentir después un hueco en medio de los intestinos como si se los hubiesen traspasado con un tubo.

Se angustió al llegar a la conclusión -luego del tercer estertor- de que a pesar de no haberse sentido tan mal los días anteriores, en esos precisos momentos se estaba muriendo.

"Así que así es..." –se dijo-, "así que *eso* es lo que se siente..." –reflexionó con el rostro blanco por la revelación y la frente húmeda por unas pequeñísimas gotas de sudor frío.

Dudando entre avisarle a Luisa o decirle a su compañero de celda más próximo, se dejó llevar dócilmente por su cuerpo y colocó las piernas debajo de la cama de Marcos en la litera de Werson, y la espalda sobre el libro que había estado leyendo toda la tarde y permanecía en el centro del colchón. Su cuerpo, arruinado por la agonía, no conservaba fuerzas ni para gritarle a Luisa ni para hablarle a nadie, ni siquiera para remover obstáculos incómodos.

No supo a ciencia cierta –ya no pudo saber- si primero apoyó la cabeza en una parte de la almohada y luego vio la mancha del techo, o fue al revés; tampoco le resultó claro si el recuerdo de la carta que había entregado el día anterior le llegó a la cabeza antes o después de ver el techo, todo le resultó en esos momentos tan confuso y mezclado que lo que en realidad sintió fue que todo estaba ocurriendo al mismo tiempo, en un tiempo que, por otra parte, ya no avanzaba para él.

Werson tosió y sólo alcanzó a ver de reojo que Samuel se había acostado. Los otros, los que jugaban *pif-paf* en el piso, al lado del colchón de Samuel, percibieron vagamente –no supieron después decirles nada con claridad ni al guardia ni al delegado y dio la impresión de que cada uno se basaba en la declaración de los otros- que Samuel había dejado de ver el juego, se había aburrido o simplemente había decidido dormir temprano.

En la celda de al lado Luisa dormía desde las nueve de la noche, poco después de haber gritado "Buenas noches Samuel, que duermas bien". En el tiempo detenido de Samuel, el último sonido de su vida fue algo parecido a unos dados sacudiéndose dentro de un vaso de plástico (o fue la tos de Werson?). Después de eso, la nube blanca que había empezado a empañar su visión hizo que le fuera muy difícil distinguir la mancha en el techo y las imágenes que, como estallidos de lucidez, aparecían en su cerebro con rapidez inexplicable trayéndole a su mamá joven –aquélla del retrato en sepia de su boda-, a la primera novia, el carro Ford verde azulado año '53…, también se le aparecieron el día de su aprehensión, los helados raros de São Paulo, el temblor del '57 –cuando su padre lo cargó en brazos para calmarlo mientras el garrafón de agua "Electropura" se columpiaba con vida propia-, el día que metió dieciocho goles…, todos, cada uno de esos recuerdos, sin el más mínimo sonido, sumergidos en el silencio absoluto de la muerte.

Nadie percibió que Samuel, acostado en su colchón, había dejado de respirar. Werson, cuando eso aconteció, él mismo estaba dormitando y quedándose inconsciente. Valdir, Pepe y Eliú jugaron una hora más y después guardaron las piezas del juego y comenzaron el ritual nocturno: orinar, lavarse los dientes, extender sus colchones en el piso. Los que veían televisión recargados en la reja de hierro, fueron quedándose dormidos, sólo Lucky Boy terminó de ver la película de las doce. Para él, Samuel era uno más de los cuerpos dormidos diseminados por el piso de la celda.

Luisa alcanzó a oír en su sueño ligero, el ruido del botón de la televisión cuando la apagaron. Imaginó que Samuel probablemente hubiese visto la película y se disponía a dormir. Sintió ganas una vez más de darle las "buenas noches", sólo como algo chistoso, pero pensó que podría despertar a otros presos –empezando por su compañera de celda- y decidió mejor decirlo bajito, como sólo para ella, o como si tuviese a Samuel acostado ahí a su lado y se lo dijera en el oído, como antes.

Fue hasta las 7:05 de la mañana cuando la gente empezó a extrañarse.

El guardia de la mañana, Sargento Milton, insistió en que despertaran a ese *preguiçoso*: "Qué, ese perezoso no sabe que para checar a los presos en la mañana, tienen que estar de pie y con la cara lavada?" – lo dijo gritándolo y burlonamente, como para provocar sonrisas condescendientes en los aduladores de siempre, pero molesto de que alguien, una vez más, atrasara el desarrollo de su rutina.

El enojo y la burla desaparecieron y su cara, como las de todos los demás, fue transformándose en una especie de máscara deforme, espantada por el hecho de que a cada segundo que pasaba resultaba más que evidente que Samuel no estaba dormido, ni desmayado, ni nada por el estilo.

Cuando Valdir, después de tocar en varios puntos del cuello de Samuel, volteó a ver al guardia y ladeó la cabeza, serio, el guardia corrió hacia la Dirección sin más averiguaciones.

Luisa escuchó los golpetazos de las botas del Sargento Milton alejándose y supo que algo había ocurrido. Valdir, Werson y los otros tuvieron problemas para saber qué responder a los gritos de: "Samuel! Samuel...!" (qué se le dice a una persona que duerme en la celda de al lado de su enamorado de toda la vida? "Está muerto"!? así nada más? o, qué?!)

Dentro de la celda de Samuel, los que no veían el cuerpo inerte, se veían entre ellos preguntándose sin hablar qué sería apropiado contestarle a Luisa.
El gordo Paulão fue el primero en destrabarse: "Está en el baño, ahora le llamo…!". El "Gracias" de Luisa se perdió en el sonido de los pasos de los tres delegados que se acercaban por el pasillo.

Samuel alcanzó a ver movimiento y brillos de luz entre las puntas que colgaban de la sábana de la cama de Werson. "Y yo qué estoy haciendo todo metido aquí debajo?" –pensó, y trató de explicarlo como una noche especialmente inquieta de sueños tormentosos que lo habrían hecho desplazar la otra mitad de su cuerpo para abajo de la cama del compañero. Sintió los oídos tapados, la cabeza embotada, los ojos como hinchados y viendo tras un paño. Pensó que se había enfermado. Vio siluetas entrar a la celda y acercarse a la litera de Werson. Sintió, más que vio, que se agachaban sobre su colchón: el Delegado Miguel sintió la frialdad del cuerpo y la rigidez que ya se hacía evidente en algunas partes, vio a todos y las caras le revelaron una absoluta incomprensión y una inocencia incuestionable. Tomó por su cuenta la decisión.

Samuel percibió un bulto blanco que estaba siendo levantado de su colchón por tres cuerpos opacos, trató de salir de debajo de la cama pero sintió que sus músculos no le respondían; se aproximó un poco a los colguijos de las sábanas. Quiso hacerlos a un lado para ver mejor. Le extrañó no poder conseguirlo con facilidad. Mientras procuraba explicarse qué les pasaba a sus manos tuvo la sensación de que lo estaban llevando a algún lado, pero sabía que él *seguía bajo la cama de Werson*. El terror lo golpeó cuando la sábana, atorada en el pie de uno de los mirones, resbaló un poco y dejó al descubierto el rostro del bulto blanco. Samuel, aunque borrosamente, alcanzó a distinguir en el cuerpo que levantaban, *sus propios* párpados... azulados, sus mejillas... verdosas y sus labios secos, macilentos y partidos bajo su bigote negro. Sintió gritar por la impresión pero no lo logró. Al final no supo si no lo había logrado o sencillamente no había podido escucharlo, pues todo seguía sumergido en un océano de silencio.

A las 7:25 Luisa fue llevada al patio donde los guardias permitían a los presos salir a tomar un poco de sol cada dos días. Una pequeña extensión de 5 x 7 metros, limitada por muros de cinco metros de altura al final de los cuales, como techo, se encontraba una tela doble de alambre grueso con ocho cables que conectaban las cuatro lámparas y las dos cámaras de circuito cerrado.

Había alcanzado a ver, desde uno de los ángulos de su celda, al Sargento Milton y a uno de los delegados, llevando una camilla, pero no vio que la sábana cubría inclusive el rostro del trasladado. En ese momento le gritó a Samuel una vez más, pero no dio tiempo ni para que los presos ensayaran otra respuesta que pospusiera la otra parte del drama, porque el Delegado que iba hasta atrás del cortejo fúnebre decidió volver y se acercó a la reja de la celda de Luisa. "Tranquila, es sólo uno que se nos puso mal" –improvisó. Todo había sido tan confuso que, a pesar de haber intuido que la que gritaba era la pareja del muerto y lo mejor sería regresar para mantener todo bajo control, el Delegado no recibió el impacto de la realidad hasta no ver de frente y de cerca la cara de Luisa. La preocupación de la presa era más bien curiosidad y no correspondía a lo que acababa de suceder. El Delegado giró la cabeza y vio hacia el final del pasillo mientras se exigía a sí mismo una frase o una línea de acción.

Sin hacer mucho caso a la intromisión del Delegado, Luisa esperó la respuesta de Samuel. Valdir y el italiano Nicola se habían aproximado a la reja de su propia celda cuando el Delegado cruzó frente a ellos y siguió hasta la celda de Luisa; al ver que él se hacía cargo de la situación, permanecieron curioseando. Los dos pudieron notar la angustia y la incertidumbre en el rostro del hombre.

"Despierte a su compañera" –decidió el Delegado, así por lo menos mantendría a Luisa ocupada, distraída. Y surtió efecto, pues hasta que no se sentaron en el patio ella y la otra presa, y el Delegado trancó la reja, Luisa no reflexionó en que Samuel no le había contestado. "Quizá fue él quien se puso enfermo mientras estaba en el baño y no me quieren decir".

No serviría de mucho preguntarle a Simone pues cuando no estaba drogada con la marihuana, permanecía dormida en su litera. Ese día, hasta que Luisa la despertó, Simone no había tenido conciencia –si así podía llamársele a la relación de la mujer con la realidad que la rodeaba- de lo que había sucedido.

Luisa permaneció en silencio, tal vez con miedo de volver a preguntar, tal vez sabiendo que desde la reja del patio hasta la celda de Samuel y las oficinas de la custodia sería difícil hacerse escuchar. El largo corredor impedía alcanzar a ver la salida. No había mucho que hacer.

Samuel, sin entender todavía, después del susto de haber visto su cara, pero ya un poco más tranquilo, se convenció de que no podía ser algo tan grave si él estaba ahí y consciente de las cosas. Mientras hacía el séptimo intento por levantar las puntas de las sábanas y salir de debajo de la cama de la litera de Werson, pensó que quizá estaba soñando o se había emborrachado la noche anterior. Hasta llegó a justificar la imagen borrosa de la cara de aquel cuerpo que se habían llevado, como perteneciente a uno de sus compañeros, y distorsionada en sus rasgos por alguna enfermedad grave, quedando parecida a la suya propia.

Al no conseguir mover los extremos colgantes de la tela, volvió a asomarse y alcanzó a distinguir, muy cerca de su cara, la de Werson, que, agachado, recordando al Samuel muerto que se habían llevado, lloraba y doblaba el colchón acomodando las pertenencias del amigo. Samuel no pudo percibir las lágrimas a pesar de la cercanía, pero le sorprendió el brillo dorado verdoso que rodeaba la cabeza de Werson, como un casco de soldado mitológico.

CAPÍTULO II

A Luisa le dio tiempo de recuperar algunos recuerdos de su vida con Samuel. Recordó la noche del veintidós de febrero del año en que ella cumplió veinticinco. Samuel se había emborrachado e insistió en ir a la playa de Copacabana a media noche. Subieron al pequeño auto y haciendo "eses" lograron llegar al Paseo Marítimo. Aunque no tanto como Samuel, Luisa había bebido lo suficiente para quedar atontada y considerar una probable detención de una patrulla de tránsito, como algo chistoso.

En la esquina oriental del patio de la cárcel, Luisa sonrió al volver a ver cómo Samuel le cantaba a gritos *"The more I see you, the more I want you...!"* y se recostaba en las bancas y en la arena y pataleaba y la jalaba para sí y la besaba con besos eternos, como a ella le gustaban. Hasta se abrazó un poco ella misma al recordarlo. Los catorce años pasados con Samuel no habían disminuido ni un poco –a pesar de conflictos, tristezas y problemas- la intensidad del amor que sentía por él.

Recordó la carta. La sacó del bolso derecho de su pantalón sintiendo la misma emoción que había sentido al leerla por primera vez. La había leído ya cinco veces en el casi día y medio transcurrido desde que Samuel se la dio dentro de un sobre arrugado, acompañada de una caja hecha por él mismo con pedazos de cartón, donde iban veintiséis chocolates, todos de envoltura y marcas diferentes, pues Samuel los había ido recolectando a lo largo de varias semanas: unos, de los postres de las comidas de sus compañeros, otros, de los regalos que los hijos les llevaban a Valdir, a Pepe, a quien fuese. Luisa sonrió más al sentir que dentro de la carta estaban las envolturas de los ocho que ya se había comido, pretendía guardarlas para siempre. Sin levantar la cabeza vio a Simone sólo para comprobar.

En su celda Samuel logró arrastrarse –no entendía por qué con tanta dificultad- hasta salir de debajo de la cama, pero ya no tuvo donde descansar pues Werson había quitado el colchón donde Samuel dormía –siempre en el piso- y lo había acercado a la reja junto con las otras pertenencias.   Después de que logró traspasar la barrera de las sábanas que colgaban de la cama de Werson, Samuel sintió como si se sentara plácidamente en el piso, al lado de la litera y recargado en la pared. Pensó en Luisa y sintió unas ganas enormes de verla, pero a la vez le costó trabajo levantarse y decidió que se encontraba a gusto en esa posición y podría buscar a Luisa después. Las nuevas y extrañas sensaciones captaban tanto su atención que olvidó que durante todo ese tiempo no había escuchado ningún sonido.

"... Yo te juro que esta experiencia y la desgracia por la que estamos pasando me han enseñado muchas cosas. Te lo juro, Luisa. Tal vez necesitaba que me pasara algo así para entender que yo estaba equivocado, que debí haber vivido de otra manera. Ahora sé que muchas veces debí haber actuado diferente. Te ruego, te suplico que me perdones por cada dolor que te provoqué, por cada problema en que te metí, perdóname Luisa, te lo ruego, te aseguro que para mí, la mejor forma de celebrar este catorceavo aniversario de nuestra relación, es prometerte y cumplirte que voy a dedicar lo que me quede de vida a hacerte feliz..."

Las lágrimas volvían a salir cada vez que llegaba a esa parte. Una vez más pensó que ese amor tan grande había sobrevivido a los golpes, las borracheras, los maltratos y los insultos de Samuel; una vez más comprendió que hay cosas incomprensibles, personas que nacen para compartir una vida, amores que nacen para durar una eternidad...

" ... te amo con todo mi corazón. Samuel".

Dobló un poco el papel y volteó a ver el cielo tras el techo enrejado. Había una posdata pero ya no pudo releerla, pues antes de desdoblar otra vez la carta, escuchó el ruido metálico de la reja del patio al ser abierta por el Delegado que llegó con el ceño fruncido y muy serio. "Mucho más serio que de costumbre" –pensó, preocupada, Luisa, al levantarse-.

En la celda, el silencio reinante podía compararse al que percibía Samuel. Si los presos no se veían entre ellos, miraban al piso vagamente o directamente al techo. Todo el asunto, tan rápido, tan imprevisto, resultaba incomprensible.

Pepe se levantó para ir al baño, cuando pasó cerca de la litera de Werson, Samuel sintió (o vio –no supo definirlo-) un resplandor rojo desplazándose por su costado izquierdo. Temió que Pepe le pisara el pie y trató de encoger la pierna, pero además de requerir de él un esfuerzo gigantesco que no pudo completar, a la mitad del proceso desistió distraído por la angustia de no hallar ninguna cosa ahí, en el lugar de su cuerpo donde estaba aplicando el esfuerzo, donde *debía* estar su pierna. De cualquier forma entendió que ya no era necesario, pues el cuerpo de la luz roja había seguido de largo y había entrado en el baño. Las luces, los destellos, las sombras y las formas difusas se alternaban en su percepción. Pensó una vez más que podía estar soñando… o enfermo. Le empezó a fastidiar el sentir los oídos tapados como nunca. Se golpeó con una mano los dos lados de la cabeza, la inclinó para delante y para atrás, tragó varias veces, pero nada. La angustia aumentó pues era independiente de la circunstancia y se refería más que nada al hecho de sentirse desesperado por no poder oír. Eso, hasta en un sueño, resultaba exasperante.

En los pocos momentos en que los bultos tomaban contornos más definidos, fue ubicando la posición de sus compañeros, pero aun en esos momentos las figuras aparecían raras, no como antes. Nicola parecía tocado con una especie de casco café oscuro, el alemán parecía llevar un gorro negro redondo, Werson estaba como metido en una especie de traje dorado verdoso, Valdir parecía un tipo de monje con una túnica verde obscura y su cabeza casi no se podía distinguir pues daba la impresión de estar dentro de una especie de escafandra azul rey, Pepe salió del baño metido en un traje completo, de una sola pieza de los pies a la cabeza, color rojo sangre, Lucky Boy estaba dentro de un globo transparente color naranja... y así por el estilo todos. "Debo estar soñando, debo estar soñando –pensó Samuel- esto parece una reunión de astronautas de carnaval".

A Luisa no la dejaron satisfecha las informaciones del Delegado. Aunque había sido instruido por la Dirección para ser obstinadamente evasivo ante la lógica curiosidad de la mujer, el Delegado dejó traslucir en algunas de sus miradas, que sabía mucho más de lo que estaba admitiendo. El dolor natural por la muerte de alguien conocido y el recordar por momentos el cuerpo de Samuel en el necroterio, con aquellos ojos que se negaban a permanecer cerrados, hizo que un par de sus gestos resultasen fuera de lugar. El objetivo de darle a Luisa de forma paulatina la trágica noticia – completándosela hasta la hora de la comida- quedaría, unos minutos después, sin conseguirse.

Cuando el Delegado trancó la puerta del patio, Luisa regresó lentamente a su esquina creyendo entender la actitud del hombre. Para ella todo se reducía a que Samuel se había puesto malo –se preguntaba qué podía haber sido: la comida echada a perder de la noche anterior? una bajada brusca de presión? la maldita enfermedad que estaba volviendo?- y el Delegado probablemente quería ahorrarle una preocupación innecesaria. De ninguna manera pensó en esos instantes que Samuel pudiera haberse puesto *grave* de verdad.

Se sentó pensando que la camilla y las carreras estaban perfectamente justificadas por el temor de la administración de la cárcel a ser acusada de negligencia en el cuidado de los presos, especialmente tratándose de extranjeros.

Fue hasta poco después, cuando metida en sus raciocinios sintió algo raro en el aire que llenaba el corredor y salía hasta el patio: lo calmado, tranquilo y silencioso del ambiente, otras veces, siempre a esas horas, absolutamente barullento y casi ensordecedor. Y fue en ese momento cuando empezó a encajar las piezas, a explicarse todo de otra manera. Guardó la carta sin fijarse cuánto la estaba arrugando y caminó hacia la reja que separaba el patio del corredor. A medio camino aceleró el paso, el miedo le destrozó el estómago.

En la celda, el vaso con café del desayuno se le escurrió a Valdir de la mano. Samuel sacudió la cabeza ya francamente descontrolado por no haber podido oír el ruido de cuando llegó al suelo. Tampoco escuchó su nombre gritado una y otra vez con indecible angustia, por la mujer que había llegado ya a la reja y con la cara desdibujada, presionándola entre los barrotes y con las manos blancas de tanto apretar el fierro de la parte de en medio de la puerta, insistía en llamarlo a gritos con la plena certeza de que él jamás le respondería.

CAPÍTULO III

Tres semanas le llevó a Samuel entender que, efectivamente: había muerto. Que ese cuerpo de ojos muy abiertos, parecido sorprendentemente al suyo, pero a la vez deforme, distorsionado, que viera siendo sacado en camilla de la celda aquella mañana... era *el suyo*.

Tenía buenas razones para dudarlo, para creer que seguía vivo: veía, sentía, se movía y... algunas veces casi alcanzaba a percibir los sonidos. También era cierto que sus percepciones le sugerían otro orden de las cosas y del tiempo. En su nueva realidad "muchos" días podían ser entendidos como un largo raciocinio o un sueño prolongado, y en un instante, a veces, podía realizar infinidad de acciones; además, no permanecía consciente todo el tiempo. Se alternaban horas de ausencia y otras de lucidez variable. Un día despertó en el patio, no recordó cómo había llegado ahí. Con el impacto del sol matutino sobre los cuerpos sudorosos de los otros presos, las coloraciones que rodeaban a sus compañeros le parecieron maravillosas. Se quedó pasmado al ver relucir al sol el dorado verdoso del traje con el que Werson se paseaba en círculos, y notó ese día que no era precisamente un "traje", sino una coloración que le rodeaba el cuerpo por completo. Pero su asombro llegó al máximo cuando vio a Valdir levantando una pesa hecha con un palo de escoba y diez botellas de Coca-Cola de dos litros llenas de agua: la escafandra que le viera colocada en la cabeza la mañana en que empezaron los cambios, estaba ahora con un tono de azul más brillante, pero a la vez traslúcido y con estrías quebradas de tonos amarillos que temblaban cada vez que Valdir llevaba la pesa hasta su máxima altura.

Otro día, se espantó. Paulão se carcajeaba festejando haber logrado un doble seis con los dados. Samuel vio de repente la boca completamente abierta del gordo a sólo unos centímetros de su cara. Suspiró del susto pues fue como si de pronto despertara y viera un león abriendo las fauces amenazadoras frente a él. Tan cerca estaba, que tuvo la impresión de compartir con Paulão parte del mismo espacio. Después del susto, volteó a ver a los otros jugadores y a las piezas en el tablero, tratando de comprobar si *él* formaba parte del juego. Contó callada, disimuladamente el número de participantes y los pares de fichas e hizo un esfuerzo por racionalizar la siguiente jugada, por lo menos, recordar la anterior. Como no lo consiguió, se hizo hacia atrás para separarse un poco de Paulão y le preguntó "Quién sigue?"; era una pregunta idiota pero no se le ocurrió otra. Ni el mismo Samuel, ni Paulão, ni nadie, escuchó la pregunta hecha solamente con el movimiento de los labios. Samuel pensó que Paulão estaba en su plan odioso de costumbre, cuando no se dignaba responder, ni siquiera voltear a ver a quien le hablaba. Como también notó que todos estaban muy concentrados en el juego y él, por otra parte, nunca había sido hombre de muchas palabras, decidió no volver a preguntar y permaneció muy quieto viéndolos jugar. Antes de llegarle su posible turno, desapareció.

En esas ocasiones en que "despertaba" en medio de alguna situación, se explicaba su "toma de conciencia" repentina, como el surgimiento a la superficie desde el fondo de lagunas mentales que por alguna razón le ocurrían más a menudo, o como una especie de amnesia progresiva.

Una semana permaneció explicándose esas cosas como el resultado del principio de una enfermedad degenerativa, producto de su otra enfermedad. Ésta le embotaba los sentidos, le hacía perder el oído, le nublaba la vista cuando trataba de ver sus piernas o sus manos, le entumecía los miembros, le debilitaba la voz...

Se levantaba, iba al baño, caminaba con los otros presos hacia el patio cuando los sacaban al "baño de sol" y participaba a su modo de las actividades comunes, pero se sentía mareado, confuso, débil, sin peso. Trataba de agarrar los alimentos, pero cuando sentía que extendía la mano para tomar el pan del desayuno o el tenedor para picar la carne del almuerzo, no lograba levantarlos y el esfuerzo era infructuoso. Tampoco lograba ver su mano con definición, más bien era como si sólo se la imaginara, por la costumbre, en el lugar donde solía y *debería* estar. Hacía varios intentos y luego se abandonaba a su papel de observador, como en el juego; pensaba que era un problema de debilidad y, de cualquier forma, no sentía hambre realmente.

El sonido nunca regresó y tuvo que acostumbrarse a ese sordo vacío. Colocaba racionalmente en los hechos, recuerdos sonoros como los efectos de sonido con los que un técnico sonoriza una película muda, y se fue acostumbrando a colocar en su cerebro un "crash" estruendoso a la caída de una botella que se quebraba, el "chakra-chakra" del plástico de los dados revoloteando dentro del otro plástico, el del vaso verde que los jugadores de *pif-paf* sacudían, y hasta el "clinguiling" de las llaves del Sargento Milton cuando abría las celdas.

A finales de la segunda semana empezó a entender que nadie se movía ni actuaba contando con su presencia. Pasaban atropellándolo por donde él estaba sentado, nadie le hacía caso, nadie le hablaba. Se recostaba en el suelo, como antes, pero ya sin el colchón que él imaginó había sido llevado a otra celda para servir de acomodo a algún nuevo preso. No estaban ya sus libros, ni sus papeles, ni su ropa, y aunque no los hubiesen sacado totalmente de su celda, él ya no tenía fuerza en los músculos para manejarlos.

Un día de la tercera semana notó que cuando aparecía junto a sus compañeros, cada vez lo hacía a una distancia mayor. Primero era en el círculo de jugadores o junto a los que estaban recargados en la pared del patio; después, en un rincón de la celda; otro día, en un rincón del patio, más alejado de todos. El día que lo percibió observó a los otros presos jugando fútbol en el patio. Él estaba en el pasillo que daba a la puerta de su celda, a una hora en que no tenía por qué estar tan lejos de ellos. En aquel mismo momento razonó otras dos constantes: cada vez que los veía, notaba que hablaban entre ellos con seriedad y tristeza, pero a medida que aumentaba la distancia desde la cual los observaba, los veía comentando menos serios, menos tristes, más animados.

Se fue acostumbrando a las coloraciones y a los trajes y ya podía percibirlos alrededor del cuerpo de todos, hasta de los guardias y delegados de la prisión, y fue especializándose en ver sus detalles y particularidades; empezó a distinguir las manchas, las estrías, las grietas y los matices en los recubrimientos coloridos de los cuerpos e incluso las suaves y casi imperceptibles variaciones de tonalidad. La novedad de esas percepciones se la explicó primero como una visión turbia, fuera de foco, provocada por su enfermedad; después, cuando comprobó plenamente que sólo los seres "vivos" –los presos, los guardias, el árbol que se alcanzaba a ver desde la Dirección, los tres rottweilers entrenados- presentaban realmente lo que podía llamarse una verdadera *aura* (a diferencia de los delgadísimos filos alrededor de muy pocos de los llamados "objetos inertes"), lo atribuyó a un aumento anormal de su percepción extrasensorial provocado quizá por los cambios químicos y fisiológicos que sufría su cuerpo a consecuencia del desequilibrio orgánico que padecía.

Al final de la tercera semana, sintiendo que sólo habían pasado unos días, tres hechos lo convencieron de la abrumadora realidad de su muerte. El viernes, temprano, cayó en la cuenta de que no había visto a Luisa en varios días y sintió angustia en el abdomen; trató de recordar cuándo había sido la última vez que la viera pero no lo consiguió, pues en ese instante sacudió la cabeza y la sensación en el abdomen aumentó por el vértigo que sintió al darse cuenta de que estaba viendo a los presos desde el ángulo superior izquierdo de la pared del patio donde estaba una de las cámaras de televisión!

Sí señor, ahí estaba él, más de cinco metros arriba de los demás y a una mínima distancia del enrejado metálico del techo que cuadriculaba el cielo azul. Pensó que estaba soñando y se sorprendió al sentir que tarareaba mentalmente una vieja canción que había escuchado en algún lugar; *"Qué hago aquí, qué hago aquí, qué hago justamente aquí...?"*. Como en una continuidad sobrenatural de dos tiempos lógicamente distintos, la respuesta parcial a *dónde* estaba Luisa, le vino en el instante siguiente. La vio desde detrás de una reja, avanzando por el corredor de la galería especial de presos, entre dos guardias que la sujetaban de los brazos (antes normales, ahora en los puros huesos). Avanzaba calmada, viendo fijamente el piso; Samuel se estremeció cuando le vio las vendas en las muñecas y en el cuello, llenas de manchas de sangre. Estuvo a punto de gritarle "Luisa!", pero uno de los guardias se detuvo y comenzó a abrir la celda. Samuel, sorprendido, no tuvo ni tiempo de aplicarle a la escena el "clinguiling" correspondiente; se separó de la reja y vio hacia la litera comprobando que estaba él *dentro* de la celda de las mujeres. Vio a Simone despertando y enderezándose, supuso que por el ruido de las llaves.

La siguiente imagen que percibió, la que le aclaró todo, fue la de Luisa y Simone sentadas en la cama de debajo de la litera. Las dos veían un libro que Luisa tenía en sus manos. Luisa movía los labios y lloraba. Él estaba sentado entre las dos, la mitad derecha de su cuerpo compartiendo el espacio que ocupaba la mitad izquierda del cuerpo de Luisa, y la mitad derecha del cuerpo de Simone llenando el cuerpo de Samuel hasta la altura aproximada de su pulmón izquierdo. La cabeza de

Samuel, entre las de ellas, muy cerca, tuvo la clara visión de lo que Luisa le mostraba a Simone. Samuel se sintió más vivo que nunca cuando reconoció las hojas de uno de los libros que había leído en su celda, vio las fotos del cumpleaños veintitrés (Luisa en el cofre del Fiat, él en la arena, él en el techo del Fiat, él encima de las bancas, en la playa...) amontonadas sobre el texto, vio la carta arrugada y planchada de nuevo varias veces y vio en la mano derecha de Luisa tres envolturas de chocolates apretadas con fuerza, casi con rabia. La inquietud de Samuel estalló de pronto, giró un poco la cabeza para ver a Luisa y una punzada le sacudió ahí donde debía estar el corazón cuando leyó que los labios de la mujer decían "Samuel" sin separar ella la vista de las fotografías.

Entonces comprendió todo; entendió qué hacía él ahí; qué había estado haciendo en las alturas del patio aquella mañana, como pájaro en cautiverio; entendió por qué no había visto a Luisa en un tiempo; de dónde había llegado y a dónde se la habían llevado, y lo más importante de todo: *por qué*. Mientras veía de nuevo fijamente, primero el cuello de la mujer y después las muñecas vendadas *sintió*, tal vez por la costumbre de tantos años, que una solitaria única lágrima, leve, fría, sin peso, le rodaba por la mejilla izquierda.

Ahí, el éxtasis de sentirse más muerto que nunca coincidió con el entendimiento y la ilusión de otra posible vida. Sintió como si un párpado gigante se cerrara y lo borrara de la escena al dejarlo todo en una completa oscuridad.

Cuando volvió en sí, vio a Luisa dormida en la parte superior de la litera. Pequeños destellos brillantes flotaban suspendidos en el aire sobre el cuerpo de la mujer: sintió como si además del rostro de Luisa recargado en la almohada, hubiese otro rostro de ella, en algún lugar, mirándolo.

Consciente ya de su estado real –y en un contrasentido absurdo pues ninguno de sus movimientos podría a estas alturas despertar a nadie-, movido más que nada por la fuerza de la costumbre, Samuel se acercó lentamente, con mucho cuidado, al cuerpo de Luisa. Sintió pasarle sus manos por las piernas, por los brazos, por las muñecas y el cuello de ella; se detuvo en el intento de acariciarle las mejillas. Sintió que lo estaba logrando. Acercó su cara a la de ella y con todo el dolor del mundo le dio un beso en los labios. Permaneció así, flotando sobre ella, con su boca unida a la de la mujer, un largo rato.

Luisa se removía ligeramente en la cama. Soñaba que Samuel la besaba dulcemente.

Como antes.

CAPÍTULO IV

Las cárceles están llenas de inocentes. En Brasil, que tiene una sobrepoblación carcelaria exagerada, podría decirse que las cárceles están repletas, desbordantes de inocentes. Esa sobre ocupación de las prisiones, producto de los grandes problemas sociales y de la burocracia y particularidades de su sistema penitenciario, podrá ser especialmente grande en Brasil, pero lo de la "inocencia" de los presos es algo común en todas las prisiones del mundo. Resulta muy difícil encontrar a uno sólo de los condenados que no hable de su situación como consecuencia de una tremenda injusticia cometida contra él, que no exprese su total inocencia al respecto de los cargos que lo llevaron a prisión, que no se queje de lo injusto de su condena, o que por lo menos no justifique sus delitos moral y legalmente, lo que acaba por convertirlo también en "inocente", a fin de cuentas.

Por supuesto, existen excepciones (verdaderos inocentes presos condenados), tremendas, verdaderas injusticias, casos extremos.

El de Samuel y Luisa fue uno de ellos.

Habían llegado de vacaciones a Río de Janeiro cuatro años antes para festejar el cumpleaños veintidós de Luisa, era la primera vez que salían de México; habían pensado conocer Nueva York, pero una película de Michael Caine les metió la idea de "Río" en la cabeza. Quedaron enamorados de *la ciudad maravillosa*. Ni la contaminación ambiental, ni la suciedad de las calles y playas, ni la pobreza extrema de la mayoría de la populación y la violencia generalizada, lograron afectar el amor que los dos sintieron instantáneamente por la ciudad desde el día de su llegada. Caminaban por Copacabana, por Ipanema, por Leblon, iban hasta las piedras de Arpoador, se sentaban abrazados y pasaban las tardes besándose y contemplando las montañas lejanas cubiertas de vegetación inusitada. Comían en cualquier lugar, desde *botecos* en la Barata Ribeiro hasta restaurantes caros especializados en comida *mineira* o *bahiana*.

Subieron al Cristo del Corcovado, caminaron por los mercados adyacentes a la Avenida Brasil, se metieron en la Floresta da Tijuca y un día llegaron hasta Jacarepaguá y Recreio dos Bandeirantes. Ahí en un trailer-park, pasaron dos semanas haciendo el amor en el carro que habían rentado y en una *barraca* para cuatro personas. Y claro, fueron al Carnaval, al desfile en la *Marquês de Sapucaí*. Quedaron maravillados con el sonido, la música y la alegría, el entusiasmo de las mulatas desnudas, los *cavaquinhos*, *pandeiros* y *zabumbas*, los pescados *avermelhados* caminantes, los periódicos danzantes, los navegantes portugueses sambistas y los miles de detalles de las escuelas de samba *Mocidade Independente* y *Beija-Flor*. Luisa enloqueció con el desfile de los más de 4000 integrantes de la *Salgueiro*.

En los pocos momentos en que los medicamentos le permitían permanecer despierta, Luisa zozobraba entre la angustia de recordar los dramáticos momentos de su intento de suicidio y la angustia de sentir que nunca más volvería a ver a Samuel ni a vivir con él momentos como aquéllos en Río.

Veía en el telón de fondo de las lúgubres paredes de la celda: el *Morro Dois Irmãos*, el *Pão de Açúcar* (la roca gigante y también el supermercado a donde iban a comprar alimentos, sobre *Nossa Senhora de Copacabana*), la línea de la playa de Botafogo... y sentía aún en su boca el sabor de las *coxinhas*, de las *empadas*, del *torresmo*, del *lombo a la mineira* y de los labios de Samuel cuando la besaba en cualquier momento inesperado al caminar por las calles viendo aparadores.

El recuerdo de la risa de Samuel la atormentaba. Era un hombre serio, pocas veces reía, hablaba poco. Pero cuando sonreía, lo hacía de una manera tan natural, tan franca, inocente y entusiasta, que resultaba encantador. Su sonrisa le iluminó el mundo y la vida muchas veces. Pero ya sólo podía tenerla en el recuerdo y en aquellas fotografías que había logrado salvar, aunque la sonrisa de las fotografías no era la misma. La conciencia de ser fotografiado le quitaba algo de su natural espontaneidad, de su tremenda frescura. A Samuel nunca le gustó que lo fotografiaran, decía que las fotografías sólo servían para morirse de dolor después, cuando se las miraba y ya no estaban con uno las personas queridas, fuese porque hubieran muerto o porque lo hubiesen abandonado a uno, que era peor. "Yo no necesito muletas para recordarte –le decía a Luisa- porque tengo perfectamente grabados en la memoria todos los momentos que hemos vivido, para siempre, y porque nunca me voy a separar de ti", y después, tomándola de los hombros y viéndola fijamente con una sonrisa traviesa, abierta, que presagiaba el momento conocido, comenzaba a cantar: *"The more I see you... the more I want you…"* imitando la voz y el estilo de Chris Montez.

Luisa se arrepintió de no haberle tomado más fotografías a Samuel, muchas, miles de fotografías. Se dormía apretando firmemente con la mano derecha por debajo de la almohada las que aún conservaba. Hubiera querido tener muchas más para llenar toda una almohada y dormirse descansando la cabeza en ella… muchísimas más, para llenar una almohada gigante y descansar todo su cuerpo en ella, sumergirse en ella, cubrirse pies, brazos, pechos y piernas con ella.

Simone despertaba a menudo alterada por los movimientos que Luisa hacía en la cama de arriba de la litera. A pesar de la marihuana constante, su sueño no había logrado volver a ser tranquilo y profundo desde la noche del intento de suicidio de su compañera.

Dos días después de la muerte de Samuel, se la confirmaron por completo a Luisa. El Sargento Milton le había ido dando la información con cuentagotas: primero, que había sido llevado muy grave al hospital de Base; después, que su condición era estable; luego, que había entrado en estado de coma, y así por el estilo, hasta decirle que había muerto. Una mezcla de indecisiones,

34

insensibilidad y trámites burocráticos había hecho que la fatal noticia siguiera esos retorcidos cauces. Al final del tercer día el Sargento Milton llegó con un poco de ropa, unos libros, escritos varios y otros objetos personales en una bolsa azul cielo, le dio la bolsa a Luisa por entre los barrotes de la reja y evitó cruzar palabra. Samuel ya había sido enterrado. Dentro de la bolsa, entre dos libros, Luisa halló una copia del certificado de defunción y un papel con la localización en el cementerio. Como a las dos de la mañana, el ruido constante de la llave del agua abierta y de las gotas salpicando el piso y las paredes, despertó a Simone. Se levantó, buscó a Luisa en su cama; al no encontrarla, la llamó; como no recibió respuesta, avanzó descalza, lentamente hacia la pequeña área del baño. La escena la punzó con un frío cortante directo al centro de los huesos. Luisa, hincada, hecha un ovillo, boca abajo, en posición fetal, la mitad de la cabeza y los antebrazos con las muñecas abiertas, sangrantes, dentro del agua de la abertura para los excrementos que estaba al ras del piso. El largo cabello se movía, como con vida propia, por los impactos del chorro de agua. Simone vio mucha sangre manando también de uno de los costados del cuello de Luisa. En el rincón derecho del área, al fondo, brillaba el cuchillo de plástico afiladísimo que afortunadamente no había alcanzado la yugular.

Los dieciocho días que Luisa pasó en el hospital, Simone los pasó llorando y recordándola. Pobre Luisa. Parecía cierto lo que Luisa le platicaba. Ella y Samuel habían sido detenidos por una verdadera confusión y un gran error.

Era verdad que alguna vez habían negociado con drogas

en México, que habían tratado en dos ocasiones con uno de los integrantes del Cartel de Guadalajara; también una vez asaltaron un supermercado en Michoacán, pero eso era todo. En el asalto nadie resultó herido. Salvo a los dueños de Aurrerá, a nadie le quedaron a deber.

Fue en una época de grandes apuros económicos, Luisa estaba en los primeros meses de su embarazo y las transacciones con droga no llegaron ni a cinco mil dólares. Samuel se las había ingeniado para establecer las conexiones y para convencer a los del Cartel de que tenía los tamaños para crecer y progresar. Cuando tuvo forma de conseguir otro trabajo no los volvió a contactar. Pensó que se había salido a tiempo. Con el nuevo trabajo llegaron la estabilidad, el departamento rentado, un viaje a Cancún y el primer viaje a Río. Fue un año aceptable, con la única pena del aborto accidental de Luisa a los cinco meses. Pero estaba muy joven y tenían la vida por delante.

El abogado que tomó su caso en Brasil, les contó cómo ocurrió todo: existían fotografías e informes de una reunión de ellos con Rigoberto, el sobrino del capo de Guadalajara. Después de su primer viaje a Río regresaron a Brasil tres veces más, una por año, más o menos por las mismas fechas. La última vez, a principios de ese año, un agente mexicano de la Interpol, de paso por Río, los había visto en el Aeropuerto Internacional Tom Jobim. Le llamaron la atención el cabello largo castaño obscuro bien cuidado de Luisa y el bigotón de Samuel. Pensó que los conocía, intercambió información con la agencia en México y a partir de ese momento Luisa y Samuel tuvieron cuatro agentes brasileños y uno mexicano siguiéndolos a cines, restaurantes, playas (inclusive hasta Piratininga y después a Saquarema), varias veces a Arpoador y a los *botecos* de costumbre. Nunca se dieron cuenta. Tampoco notaron que intervinieron su teléfono y colocaron un par de micrófonos ocultos en su departamento alquilado en *Jardim Botánico*.

Los policías, no muy brillantes, pero obstinados y azuzados por el mexicano chaparro y gordinflón, tomaron los paseos por maniobras de despiste, los cuchicheos al oído por intercambios cuidadosos de información, y los silencios del departamento por momentos dedicados a la elaboración gráfica de maniobras y estrategias. La gota que derramó el vaso fue una plática completamente accidental y brevísima entre Samuel y el primo del cuñado de Fernandinho Beira Mar –uno de los mayores traficantes de Río- en la playa de Copacabana. Samuel ni lo conocía ni sabía de quién se trataba, para él era uno más de los cientos de brasileños tomando el sol en el mediodía brumoso del verano y Samuel lo escogió –para su desgracia- como el indicado para preguntarle dónde quedaba la calle Montenegro. Samuel y Luisa avanzaron en esa dirección y ya no vieron cómo -a sus espaldas- los de la Interpol esposaban al asistente de Beira Mar, el buscadísimo narcotraficante.

A partir de ahí los trámites se aceleraron, la observación se intensificó y a los tres días llegó desde México la orden de detención -por "tráfico internacional" (!)- para agarrarlos, llevarlos y seguir la investigación policial allá en su país, después de la extradición de la pareja.

Al día de la muerte de Samuel, llevaban encerrados ya

diez meses en aquella cárcel de Brasilia, y su espera de la extradición, con los problemas típicos de violencia, mala alimentación y condiciones precarias de higiene, se había vuelto una carga demasiado opresiva.

Sabían que eran inocentes y que podrían probarlo, pero por otra parte estaba la realidad de su prisión efectiva y continuada, y de que llegando a México la policía les "encontraría" algo para condenarlos definitivamente. Conocían a la policía mexicana, no iban a hacer todos esos gastos y ese circo para salir después con que todo fue un error, una penosa confusión, mil disculpas, caballero, señora, joven, dama, pásele por aquí, lo que se les ofrezca estamos para servirles, la salida es por allá.

Luisa acostumbraba decir durante los primeros meses de encarcelamiento que la vida era "muy curiosa y absolutamente impredecible"; que cuándo iba a imaginarse ella presa a sus veintiséis años en una cárcel de un País sudamericano; pero inclusive al constatar esa imprevisibilidad quedó muy lejos de imaginar algo tan extremo como la muerte de Samuel y su propio intento de suicidio.

Ahora todo se le había venido encima y le costaba mucho trabajo asimilarlo, desenvolverse dentro de esa nueva realidad. Hasta la perspectiva de su posible libertad, sin Samuel, resultaba ya poco atractiva; el peligro de su regreso a México, a enfrentar qué cargos?, y después de las cosas por las que acababa de pasar… El futuro simplemente ni existía ni quería imaginarlo, y vivía entre el pasado hermoso y el presente apabullante y cruel. Veía de pronto a Samuel pasando frente a su celda entre los otros compañeros, escuchaba que Samuel le gritaba "Luisa!" desde su celda, oía, mientras se iba quedando dormida, la voz de Samuel suavecita junto a su oído diciéndole *"Te quero demais"*, sentía las manos de Samuel acariciándole el cabello cuando la sacaban a tomar el sol y permanecía sentada en un rincón del patio, y hasta un día escuchó ahí, en ese rincón, a lo lejos, la voz de Samuel cantando "Sabor a mí" de Álvaro Carrillo, otra de sus favoritas.

En la celda que había sido de Samuel, éste aparecía a menudo en las pláticas. Klaus, el alemán, solía comentar que nunca imaginó que Samuel pudiese morir de pronto si ya hasta había salido de la enfermedad, y a veces, con su acento áspero cantaba tratando de reproducir la intención de Samuel "Pasarán más de mil años, muchos mais, io no sé si tengamorr laeterrnidad...", hasta que Nicola lo callaba, por luto y fastidio. En ocasiones, a la mitad de un juego, quedaban todos en silencio. Marcos, el que dormía en la parte baja de la litera, cerca de Samuel, despertó un par de veces por la noche y creyó ver a Samuel acostado en el suelo, como lo hacía, con las piernas metidas bajo su cama. Lo mismo le ocurrió a Milton la mañana del tercer miércoles, cuando, mientras abría el candado de la celda y comprobaba el número de presos, creyó ver con el rabillo del ojo la figura de Samuel levantándose y saliendo de debajo de la cama de Marcos. Pero la experiencia más famosa e impactante fue la del gordo Paulão. Él, siempre tan valiente, fanfarrón, sudaba y modulaba su voz cada vez que repetía la historia. Eran las cinco de la mañana, todos dormían en la celda y él había despertado con ganas imperiosas de ir a defecar; se levantó, caminó por entre los cuerpos acostados en el piso y llegó al baño. Cuando cagaba acuclillado en el piso escuchó ruido de agua saliendo de la regadera. Supo, tuvo la certeza de que "alguien" estaba ahí, pero a la vez sabía que cuando entró no había nadie y quien fuese había aparecido *de repente*. Extrañado y espantado detuvo los pujidos, cortó la defecación y permaneció observando hacia la cortina del baño. La caída del pedazo de excremento en el agua coincidió con la ráfaga de aire frío, el movimiento de la cortina y la convulsión de todo su cuerpo como provocada por un choque eléctrico: tras el pedazo de cortina que se movió, sintiendo que le despellejaban la piel de todo el cuerpo, Paulão alcanzó a ver el cuerpo de Samuel bañándose.

Cada quién intentó una explicación y los más racionalistas tuvieron la idea correcta de que la llave de la regadera había permanecido abierta desde la media noche cuando el agua se había ido, y al llegar el agua por la mañana salió el chorro directamente. Lo demás, la visión del cuerpo de Samuel, era fruto de la imaginación calenturienta de Paulão. Alguien incluso sugirió la clásica broma de la caída del jabón y todos reían al recordar cómo se habían despertado aquella mañana con los gritos y comentarios nerviosos de Paulão que había salido corriendo del baño y se paseaba entre los colchones chorreando caca.

El que más estuvo de acuerdo en que no había sido Samuel quien abriera la llave, fue Samuel mismo. Ya había podido comprobar que los fantasmas –cuando menos en ese estado de evolución en que se encontraba–

no podían levantar cosas, ni transportar muebles, ni agarrar o mover objetos ni cubiertos, cuchillos, cucharas. De hecho, no tenían la más mínima influencia física en los otros elementos de la realidad. Entendió que tenía que comprender y desarrollar sus potencialidades, para poder sacarle el mayor partido a su nuevo estado. Tal vez esa vida después de la muerte –de la que siempre dudó y ya estaba comprobando que existía-, podría ser lo suficientemente real, sólida y consistente como para permitirle prolongar el amor, las alegrías y los placeres de su relación con Luisa. Tal vez. Lo único que necesitaba era convertirse en un buen fantasma. En un fantasma competente.

CAPÍTULO V

El alemán cruzó la celda rumbo a la mesa para tomar un poco de refresco. Recordó que siempre que antes hacía lo mismo, tropezaba con el colchón de Samuel, rozaba su almohada o hasta llegaba a patearlo ligeramente en la cabeza. A pesar de su corpulencia, Klaus tenía muchos detalles infantiles y se imaginó dando un salto, como a veces hacía, por encima del lugar donde Samuel solía acomodar su colchón y dormirse. Klaus recordó la cara de Samuel y se le amargó un poco el sabor del refresco que bebía. Samuel lo observaba desde el piso y decidió continuar con sus ejercicios. Dos días antes se había propuesto un programa de desarrollo de sus posibles capacidades. Primero, tendría que aprender a moverse con facilidad; después, trataría de conseguir mover cosas y objetos; más adelante, intentaría hacer sentir cosas a las personas apareciéndoseles, hablándoles y tocándolas; quién sabe, con mucha práctica y dedicación –tiempo le sobraba- tal vez podría platicar con Luisa, consolarla, bañarla, hacer el amor con ella y hasta ayudarla a escapar.

Hizo quince abdominales más y luego intentó levantarse. Se esforzó por recoger sus piernas y sacarlas de debajo de la cama de Marcos y en ese momento recordó: él ya no tenía piernas, ni brazos, ni abdomen, nada. Si a veces llegaba a ver su mano extendiéndose o sentía un jalón en el estómago o un suspiro en el pecho, y hasta su pie derecho se le aparecía por momentos moviéndose rítmicamente, era más por una especie de racionalización forjada por los años de haber vivido con su cuerpo físico, que por conservar algo remotamente parecido al mismo. De hecho, él no podía imaginarse de otra forma. Así de simple. Así de complicado.

Un día decidió comprobarlo con sus propios "ojos". Se desplazó hacia el rincón donde Lucky Boy tenía colgado su CD de "É o Tchan" a manera de espejo y se quedó ahí un buen rato intentando verse desde distintos ángulos. No consiguió ver más que los arcoiris iridiscentes del reflejo de la luz de neón. "Así que así es —pensó—, ni una manchita, ni una nubecita, ni una tenue brumita… ni como Gasparín… estoy fregado".

Sin embargo, de repente veía sus manos, sentía su cara, su cabeza, su boca, y eso le ocurría con más frecuencia que con respecto a sus pies y piernas. "Debe ser por la cercanía —pensó—, mientras más cerca de mi visión quedaban algunas partes de mi cuerpo, o de mi cerebro, más se me quedaron grabadas… puede ser".

Los esfuerzos y tentativa comenzaron a dar resultado: conseguía ya levantarse fácilmente, avanzar con cierta rapidez, agacharse, estirarse, y un día que estaba completamente distraído se siguió de frente sin rodear el muro que separaba el área del baño y se sorprendió al comprobar que lo había traspasado! emocionado, comprendiendo los posibles alcances del hecho, cruzó la celda y avanzó contra la reja de barrotes sin detenerse y sin poder –sin siquiera intentar- acomodar su cuerpo... cruzó sin el menor esfuerzo. Desde el corredor, se volvió para ver hacia dentro a sus compañeros presos, y disfrutó la sensación de libertad y la perspectiva que pocas veces había podido tener. Pero reaccionó al recordar su nuevo estado y comprendió que no le servía de mucho; él pertenecía ya a otro mundo y de éste lo único que verdaderamente le interesaba era Luisa y ella estaba presa, ahí mismo, a unos metros.

De cualquier forma, la novedad del asunto le devolvió el entusiasmo. Se asomó a la celda de Luisa y Simone, las vio dormidas, regresó por el corredor a su celda, traspasó la reja en sentido inverso y avanzó decidido y orgulloso, con mucha dignidad, hacia la pared del fondo. La cruzó sin el menor esfuerzo. Salió al patio exterior, un área en la que nunca había estado y sólo había visto el día de su llegada a la prisión; se sintió terriblemente bien, vio a izquierda y derecha para cerciorarse y recordó que todo eso era innecesario; suspiró, miró hacia adelante, tomó aire y caminó sonriendo satisfecho rumbo al muro oeste del presidio. A mitad del recorrido le saltó el corazón cuando vio hacia una de las torres de vigilancia y comprobó que uno de los dos guardias, el que empuñaba una ametralladora, veía exactamente hacia él. Por la costumbre se detuvo en seco, pero el guardia siguió mirando en la misma dirección, como ido, con la mirada perdida en la lejanía. Samuel recordó que no había forma de que lo vieran, comenzó a avanzar de nuevo y fue recuperando la sonrisa, a cada paso más confiado y más rápido. Él, tan serio en vida, comenzó a sentirse exultante con la excitación del momento y se permitió ser un fantasma divertido. Miró hacia el guardia, le sacó la lengua, se puso las dos manos en las orejas con los pulgares apoyados en ellas y los dedos estirados hacia afuera mientras hacía con la lengua, drbrlppp! (hasta se imaginó el sonido), extendió después los brazos hacia los guardias y conservando el magnífico humor en la expresión de su cara, el recién readquirido brillo de sus ojos y mordiendo con los incisivos superiores su labio inferior, les mostró el dorso de las manos cerradas con el dedo medio destacándose y apuntando hacia arriba; llegó incluso, con toda la torpeza adquirida en años de falta de ejercicio y en meses de encierro, a intentar una vueltas de carro y tres marometas, levantándose a diez metros del enorme muro descascarado y lanzándose contra él con todo el impulso y la energía que la sensación de libertad le daban. Lo cruzó a toda velocidad, triunfante, como corredor victorioso olímpico de los cuatrocientos metros planos, los brazos en alto, la imaginaria ovación retumbando en sus oídos.

Por la euforia se siguió de largo, cruzó la banqueta de la calle, llegó al arroyo y hasta que llegó a media avenida reaccionó viendo el peligro inminente; por dos centímetros exactamente, al hacerse hacia atrás, libró la trayectoria del camión que avanzaba a noventa kilómetros por hora. Pero al hacerse Samuel hacia atrás, no percibió el Toyota azul que en la otra dirección se le iba encima a una velocidad aun mayor. Lo vio hasta que ya el auto estaba a punto de impactarlo, el cabello se le tensó, los ojos se le saltaron, las sienes se le congelaron y el corazón se le encogió. Si hubiese tenido en ese momento su cuerpo físico se habría muerto por segunda vez en el mes.

Cuando comprobó que en su nueva forma había logrado salir ileso de la distracción, caminó hacia la banqueta mucho más tranquilo, pero aún nervioso seguía "toreando" los carros. Pensó que todavía no estaba listo para enfrentar el mundo exterior. Traspasó el muro de regreso a las celdas. Tal vez Luisa hubiese despertado.

Los sustos y las limitaciones tenían sus grandes retribuciones, como la de cruzar el muro que separaba su celda de la de Luisa a la hora que él quisiera. Por la fuerza del condicionamiento al principio cruzaba la reja, avanzaba cinco o seis pasos por el pasillo y luego entraba en la celda de Luisa cruzando la otra reja. Después, cuando se acostumbró a traspasar las paredes, iba ya directamente. Se levantaba, avanzaba hacia la pared y cruzaba rápido de celda a celda (aunque durante algunos meses conservó una sensación extraña siempre que atravesaba cuerpos sólidos). Llegaba a la celda de Luisa a cualquier hora y, si estaba comiendo, se sentaba en el piso a verla comer; si estaba platicando con Simone, se sentaba frente a ellas para leer sus labios, colocando de fondo los sonidos correspondientes a las palabras; si dormía, se quedaba mirándola horas y horas, sin moverse, sin intentar nada, sólo mirándola. Descubrió que sentía un placer inmenso al verla dormir, soñar...

Un día, mientras la veía comer, a Luisa se le cayó el tenedor de plástico. Por reflejo, Samuel lo alcanzó para levantarlo. No lo consiguió. "Valiente fantasma –se dijo– que no sirves ni para alcanzar un tenedorcito de plástico y pasárselo a tu novia".

Más tarde, cuando Luisa se bañaba pensando en él, recordándolo, Samuel apareció en la celda y quedó embelesado; tenía meses de no verla desnuda, y menos, bañándose. Cuando estaba vivo y eran libres, a Luisa le gustaba bañarse con él y a menudo lo invitaba, Samuel aceptaba pocas veces. Permaneció viéndola enjabonarse, tallarse, y sintió unas ganas enormes de refrescarse junto con ella. Avanzó hacia la regadera y se colocó pegadito, rozándola, hasta a veces compartiendo algunos espacios con ella por la transparencia de su propia falta de substancia. Las gotas que mojaban el cuerpo de Luisa, salpicaban y cruzaban por donde Samuel estaba. A veces, él avanzaba y se pegaba más a ella, entrando más en el espacio de la mujer, e imaginaba que al enjabonarse el abdomen, Luisa en realidad le estaba enjabonando a él la espalda. Samuel hacía un verdadero esfuerzo para construir mentalmente las sensaciones que deseaba sentir, que debía estar sintiendo, pero que no lograba: la frescura del agua en su cuerpo, el roce de las manos de Luisa, el sonido de las gotas en el piso...

A pesar de todo, fue feliz.

Luisa, con los ojos cerrados, imaginaba que Samuel estaba ahí con ella, abrazándola, dejándose enjabonar, ronroneando suavecito, como aquella tarde –gracias a Dios- en el hotel de Can-Cún. Samuel ya no tenía que sufrir con las levantadas temprano ni preocuparse por la llegada de Milton a las siete de la mañana exigiendo que los presos estuvieran como soldaditos, bañados, derechitos y automatizados. Ahora podía –cuando el

Sargento miraba hacia el lugar vacío abajo de la cama de Marcos- acercarse a él y dirigirle una sincera trompetilla, por otra parte completamente muda e inofensiva. Pero eso no le quitaba lo satisfactorio. Cruzaba la reja, le decía "Milton, cara de Clinton, buh!", le imitaba sus gestos autoritarios y un día de excesos le pellizcó una nalga.

Le hubiese gustado que sus compañeros pudieran verlo. No sabía que Paulão, después del episodio del baño, se lo imaginaba frecuentemente de ese modo: haciendo de las suyas.

Mientras caminaba por el patio exterior una noche de miércoles en el segundo mes, a las tres de la mañana con la luna en creciente, Samuel observó un resplandor cilíndrico que se elevaba verticalmente por encima del techo de la celda de Luisa, como una chimenea. Aún no había descubierto las bondades del desplazamiento instantáneo ni las ventajas del vuelo. Avanzó hacia la escalerilla de hierro y subió al techo, se acercó al resplandor y comprobó que tenía un grosor de unos cuarenta centímetros, parecía salir del interior de la celda de Luisa y se prolongaba hacia arriba interrumpidamente hasta perderse de vista tras unas nubes plateadas con formas de dunas de arena.

Se hincó, apoyó las manos en el techo y se inclinó traspasándolo con la cabeza para ver hacia el interior. Luisa dormía plácidamente boca arriba y la columna luminosa llegaba hasta su abdomen (era luz?), parecía luz, un tipo de resplandor extraño nunca visto por Samuel, como algo que casi se materializaba *en luz*, y al acercarse un poco, tuvo la sensación de que no llegaba al abdomen de Luisa, sino que *salía de él*.

Los objetos podían verse a través de aquel "tubo", pero más que como observados a través de un tubo de vidrio, parecían estar tras una columna de humo blanco ligero. Siguió con la mirada el curso de la columna en sentido inverso; la cabeza de Samuel apareció sobre el techo de nuevo y estaba a punto de mirar hacia arriba para comprobar hasta dónde llegaba el resplandor en forma de tubo, cuando llamó su atención otro resplandor similar a unos metros –sintió que ahí había estado todo el tiempo pero que él hasta ahora lo notaba-, luego vio otro un poco más allá, y otro, y otro más saliendo del edificio contiguo y otros más a la distancia y se levantó y vio más y más saliendo de otras casas a una mayor distancia y por todos lados, hacia Lago Norte por Riacho Fundo, Samambaia, Taguatinga, Bandeirantes... y más lejos, en Santa María y Planaltina... y hasta donde su vista alcanzaba. La ciudad entera estaba llena de tubos luminosos blanquecinos que ascendían perpendicularmente o inclinados, se juntaban, se separaban, se entrelazaban y temblaban ligeramente como el fondo de un mar lleno de cuerdas de pescar.

Pocas horas después, sentado todavía en el techo con las piernas cruzadas, recordó las lecturas de su época de secundaria. Libros de Yoga, otros de una tal Madame Bravatsky (Blavatsky?), unos de Lobsang Rampa y lo que éste decía sobre el llamado "Cordón de Plata". Era lo que más se parecía a aquellos hilos que aún veía por todos lados, aunque cuando leyera sobre el asunto él pensara que el cordón de plata tenía un grosor mucho menor –tres o cuatro centímetros como máximo- y salía del ombligo de la personas. A pesar de las diferencias, lo más probable era que de eso mismo se tratase. Permaneció ahí sentado, haciendo memoria, asociando, *comprendiendo* cosas. Pensó en los llamados viajes astrales –viajes supuestamente hechos por las almas de las personas, que se separan de sus cuerpos físicos aún en vida, permaneciendo unidos a ellos solamente, justamente, por los "cordones" de energía llamados "de plata", y pueden ir de ese modo a cualquier lado, a puntos lejanos del espacio exterior inclusive-; también recordó los ejercicios de meditación y concentración que hacía cuando estaba muy joven; pensó en los yoguis, en los Lamas tibetanos, en los centros de energía del cuerpo (los Chakras?), en los mantras; intentó recordar más nombres… (Kundalini?) y mientras iba recordando todo eso que leyera cuando adolescente y le entusiasmara tanto en ese entonces hasta el grado de hacerlo levantarse a las cuatro de la mañana para practicar frente a una vela encendida los diferentes grados de concentración, se fue llenando de la misma emoción de entonces, durante tantos años olvidada, aquélla que lo hacía estremecer cuando acostado y a punto de dormir sentía de repente un temblor angustioso y una emoción inexplicables en alguna parte de su pecho que en esos momentos parecía tener un tamaño gigantesco y en vez de estar en el cuerpo de Samuel, le daba la impresión de rodearlo y cubrir por completo su propio pecho, colocando a Samuel en la posición y con las sensaciones de un animalito que, diminuto y empequeñeciendo a cada instante más, se despeñaba sin peso en las profundidades de un espacio oscuro que quedaba a la vez dentro y fuera de él…

Recordó cómo, uno de aquellos días, impresionado por sus hallazgos intelectuales y sensoriales, había tratado de compartirlos con su hermano mayor una tarde que regresaban de comprar unos libros. Samuel, desde el auto, vio una fila de gente que hacía cola en una tortillería de la colonia Narvarte en la Ciudad de México. Se volvió y le dijo a su hermano: "¿Nunca has tenido sensaciones raras, como de que existen otras realidades más allá de esta vida? –su hermano aminoró la velocidad y lo vio pensando que Samuelito le estaba entrando a las drogas (eran los años de la generación de las flores, Scott Mackenzie, Jimmy Hendrix)– ¿No sientes a veces como una angustia –continuó Samuel- de que estás a punto de entender lo que hay más allá de la muerte?" Su hermano, ocho años mayor que él, se detuvo y lo miró sonriendo: "Ay! Samuel, para qué? a quién le importa? nunca nos vamos a enterar; yo, como tú, y supongo que como todos, pasé por una época en que me hacía esas preguntas, pero afortunadamente ya se me pasó, hay mil cosas más interesantes y productivas en qué pensar, no crees?" –concluyó haciendo con los brazos un gesto demostrativo del mundo circundante. Samuel movió la cabeza negativamente y con una media sonrisa poco convincente comenzó a caminar ahora, diecinueve años después, en un país lejano, en principio preso y para colmo muerto. Andando sobre el techo de una prisión absurda se le ocurrió la respuesta correcta que debió haberle dado a su hermano aquella vez: "Idiota!".

CAPÍTULO VI

Luisa llevaba su propio proceso de aprendizaje, menos interesante que el de Samuel.

Tenía que conformarse, consolarse, aprender a vivir una vida en soledad sin su hombre, después de haber pasado con él, junto con él, casi pegada a él, catorce años de su vida. Huérfana de padre –en realidad abandonada, pero la madre prefirió armar una historia que Luisa nunca creyó-, se pasó la infancia esperando que su mamá llegara, cada vez más tarde, cada vez más espaciadamente, a rescatarla de la tía que pretendía cumplir a la perfección el cargo de tutora estricta de la niña. Cansada de la soledad, los castigos físicos, las privaciones y los regaños, Luisa, al día siguiente de su tercera menstruación decidió no esperar más, a *nadie*. Hizo un pequeño bulto en una sábana, como en las caricaturas, y salió de su casa en la Escandón; caminó por el ambiente espeso de las nueve de la mañana del Distrito Federal, rumbo al centro de la ciudad. Decidió irse por la lateral del viaducto para evitar las calles por las que la tía pudiera andar en esos momentos vendiendo periódicos. Al llegar a la altura de Vértiz, sólo por ocurrencia, prefirió tomar hacia el sur, cruzó el viaducto y se dejó llevar. Quince cuadras después, cansada y un poco confundida, se sentó en un pequeño escalón a la entrada de un viejo edificio. Durante una hora y media, mordisqueándose las uñas, se dedicó solamente a ver pasar los carros, los perros, las personas. Lo que pasó después fue entendido por ella y por Samuel como una muestra fidedigna de que el destino existía. Samuel, de diecinueve años que siempre salía a más tardar a las seis y media de la mañana rumbo a su preparatoria, se había quedado dormido sin sentir, sin razón, sólo porque sí, o tal vez por lo que habría de ocurrir aquel día, y el hermano, ya retrasado para lo suyo, no reparó en que bajo el bulto de cobijas en la cama de Samuel, se encontraba el hermano soñando que dormía.

Samuel bajó corriendo las escaleras y cuando se dirigía por el largo pasillo hacia la calle, vio a la jovencita sentada de espaldas obstruyendo la salida. El cabello muy largo lacio, castaño obscuro, le llamó la atención a pesar de la prisa. Justo cuando Luisa se lo recogía y acomodaba con la mano derecha, el codo hacia el cielo, Samuel pasó a su lado; él bajó la mirada para ver si la cara era bonita y ella reaccionó viendo al extraño que pasaba con prisa. La prisa se acabó ahí. Samuel frenó los pasos y se animó: "Hola" –le dijo, ya desde ese momento cortejándola. Le gustaron sus ojos, su boca, sus manos con las uñas carcomidas, su sonrisa tímida que él creyó de quinceañera.

En la celda, más lúgubre que nunca, Luisa se quedaba sentada horas enteras en la litera viendo al piso, a las paredes, al techo, haciendo el cuerpo hacia adelante y hacia atrás en un vaivén desesperante para Simone. A veces decidía no llorar más, apretaba los dientes y se decía que dejar de sufrir era como dejar de fumar, sólo había que decidirlo. Otras, después de soltar el llanto, decidía llorar con más fuerza aun, a todo lo que diera y por el mayor tiempo posible, para ver si se le agotaba de una vez su reserva de lágrimas.

En esas ocasiones, hasta allá, en la última de las celdas de castigo de la galería "C", Indio, el moreno de Paraíba, con el cuerpo encogido, a oscuras, abrasándose las rodillas y rascándose los pies, alcanzaba a oír el llanto de la mujer. Después de dieciséis años de cárcel, el paraibano acabó pareciéndose al edificio que lo encerraba (fuerte, asustador, áspero y frío), pero algo percibía en el llanto de Luisa que impedía que él mismo se quejase con sus gritos e imprecaciones de costumbre. El dolor de Luisa lo dejaba callado y si lo exasperaba era sólo para provocar en él un deseo de amortiguarlo murmurando una tonada que recordaba, una especie de canto de cuna sin palabras que en el volumen justo, tapaba el eco de los sollozos de Luisa y le daba a él un íntimo conforto. Terminaba por mecerse al ritmo de su melodía.

En la celda de castigo contigua, Nicola, el italiano, golpeaba continuamente la pared con la parte de atrás de su cabeza, desesperado por el dueto alucinante que formaban la mexicana del muerto, a lo lejos, y el moreno de Mamanguape, a sólo unos pasos. Llevaba Nicola cuatro días de castigo, cuando una noche oyó que Indio lloriqueaba también. Era algo inconcebible en aquel hombre al que nunca había oído hablar suavemente, expresar miedo o reír. Ni siquiera recordaba haberlo visto pestañear. Al oírlo llorar, y en esa forma, el pecho se le comprimió. Sintió en carne ajena lo que el encierro les hace a los hombres, sintió pena por el tipo, pensó que él mismo, al ser extraditado a su país, recibiría una condena de veinte años, sintió una angustia indecible por no haber conseguido escapar el mes anterior, cuando el intento de fuga fallido de la bahianos, sintió furia por su actual castigo después de haber zarandeado al viejo Marcos, herido y enfermo, sólo porque el anciano había estado quejándose de sus dolores de cadera a una hora en que debería estar durmiendo.

Existía en la prisión un resentimiento general. La comida podrida, la falta de agua, los gritos y golpes de los guardias y un aumento continuo y exagerado del número de presos ponían a todos –prisioneros y guardias- en un estado de explosión inminente. El presidio había sido planeado para cuatrocientos reos y albergaba ya ochocientos cincuenta. Los citatorios para declarar ante los jueces tardaban en llegar, tardaban en llegar las condenas, las órdenes de trasferencia y hasta las liberaciones. Dos cariocas que habían solicitado su traslado a Agua Santa en Río de Janeiro, para estar cerca de sus familiares, llevaban esperando año y medio. Zequinha, brasiliense de cuarenta y siete años y a uno de acabar de cumplir totalmente su condena, esperaba por el día en que por fin la "justicia" le permitiese salir a la calle. Su hija cumpliría nueve años el mes siguiente. Ambos soñaban con que antes del día del aniversario, llegase el *alvará* de salida.

El mismo Nicola sufría la lentitud terrible de los procesos y procedimientos. Él, como Klaus el alemán, otros cuatro italianos, dos paraguayos, Luisa y Samuel hasta antes de su muerte, esperaba sólo el resultado de su proceso de extradición. Todos ellos ni siquiera serían juzgados en Brasil, sólo esperaban ser enviados a sus países. Y a pesar de que eso debería ser simple y sencillo, algunos tenían más de un año esperando la resolución! Como Nicola, a quien le parecía absurdo el sistema de un país donde existían tantos pobres muriéndose de hambre y el Estado gastaba miles de reales en extranjeros como ellos, en su manutención, servicios, agua, luz y elementos y sistemas de seguridad y vigilancia. Solamente el desperdicio de comida era impresionante, marmitas con más de la mitad de la comida eran desechadas por los extranjeros y aventadas directo a la basura. Una tarde de Mayo, después de medio comer y mientras se picaba los dientes con un palillo, se lo había comentado a Samuel; con su habitual entusiasmo el mexicano se limpió el bigote y le dio su explicación de los hechos, perfectamente lógica, razonable y sensible: "No es tan absurdo, tú dices que nosotros no generamos nada para beneficio del país, que sólo somos un gasto? y todo lo que trajimos de dinero y nos gastamos aquí antes de que nos aprehendieran? lo que se gastaron tú, Klaus, Adriano y Bruno, todos, en *caipirinhas*, *cachaça*, hoteles y putas? los libros que yo pido que me compren y me traigan para leer? y lo que compramos en la *cantina* de la cárcel cada semana? y el dineral, los cientos de miles de reales que entre todos les pagamos a los abogados brasileños para que intenten liberarnos aquí y nos eviten la extradición, para no tener que ir a responder a nuestros países? te equivocas, Nicola, el mal negocio es el que estamos haciendo nosotros, pues de cualquier forma nos van a mandar, y mientras se siguen tardando en hacerlo, este país sigue ganando dinero con nuestra situación, y mucho; les compramos cosas, pagamos copias, doctores, servicios y mantenemos engrasadito y funcionando parte de su sistema legal, dándoles de comer y muy bien a sus abogados!, el que el dinero llegue, o no, a los pobres, que son los que más lo necesitan, eso ya es otro asunto, como en cualquier otra parte del mundo. Ya mero iban los políticos brasileños a hacer un mal negocio!"

Con el aumento de las discusiones, los gritos y la violencia, Samuel se preocupaba por Luisa. Para concretar la idea de fuga que se le había ocurrido para ella, apareció en las alturas del patio de su galería y se abocó a practicar el vuelo dando saltos cada vez mayores; después, subiendo poco a poco, apoyado en las rejas de la celda y agarrando los barrotes para llegar hasta lo alto y dejarse caer desde ahí, progresó más rápido y empezó a tener descensos más lentos y controlados. Se espantaba cuando no podía controlar la caída dirigiéndose sin remedio hacia donde dormían o descansaban Paulão, Marcos, Werson y Lucky Boy, o hacia el plato de comida o las fichas en el tablero de juego. Se imaginaba causando destrozos y poniendo más nerviosos a los presos. Afortunadamente no ocurrían esas catástrofes; traspasaba todo y se seguía de largo hasta el suelo y más allá de él, teniendo que subir después desde muy abajo. Asomaba primero la cabeza, inquieto, al volver a la superficie, como pidiendo disculpas.

Poco a poco, diariamente, entre avances y retrocesos, se fue convirtiendo en un fantasma volador. Una madrugada, después de practicar toda la noche, cuando el negro del horizonte empezaba a purpurarse y algunas luces de las calles se apagaban, se armó de valor y subió decidido, apoyándose solamente en las pequeñas grietas entre las piedras del muro, hasta la azotea de su galería. Observó los cordones de luz de los espíritus, menos numerosos que en otras ocasiones, vio que el púrpura del cielo enrojecía en uno de los extremos, estiró los brazos, infló el pecho y se aventó. Sintió todavía un poco de vértigo en la caída, pero a medio camino del suelo controló la energía y en vez de caer perpendicularmente, cambió de rumbo en diagonal y, como un aeroplano de exhibición, fue corrigiendo la dirección, cada vez con más control, hacia el corredor, hacia las celdas, el techo de malla de alambre del patio, las antenas de radio...Sintió un entusiasmo desbordante, como si en el lugar donde estuviera alguna vez su corazón algo revoloteáse del mismo modo en que él lo hacía yendo y viniendo como mariposa gigante desde el edificio hasta el muro exterior, desde los baños y cocinas hasta las azoteas, subiendo y bajando en las esquinas de los torreones de vigilancia como con un bastón con resortes, llegando hasta la altura de los guardias, viéndolos tras los cristales de las torres en sus puestos de observación cuando subía y viéndolos desaparecer tras los medios muros de las mismas cuando bajaba. Samuel sonreía, hacia piruetas en el aire por puro gusto. Se reía. Con un simple impulso de un golpe de energía controlada saltaba de un patio a otro por sobre los edificios del complejo penitenciario. Se carcajeaba.

Aprender a "leer" las auras en detalle se le ocurrió un día en que apareció en su celda y Lucky Boy, que se había quedado ahí sin querer salir al patio, sumido en una de sus depresiones y pensando en la muerte de Samuel, enrollaba en un rincón un cigarro de *maconha*. Lucky Boy estaba envuelto en el globo naranja semitransparente en que Samuel lo viera inmerso desde el día de su muerte.

Ante la imposibilidad de cualquier tipo de comunicación, Samuel se sentó en otra esquina de la celda y lo observó fijamente: los dedos largos y nerviosos del maricón acomodaban la yerba en el papel, el pie izquierdo seguía el ritmo del *Diskman* que descansaba en su regazo, los audífonos se sacudían con los movimientos convulsivos de la cabeza del joven. Samuel recordó el día en que se había enterado del porqué del apodo de "Lucky Boy". Nunca conoció su verdadero nombre. La anécdota se la relató Marcos una noche en que el dolor de la herida en la cadera no lo dejaba dormir. Samuel leía acostado en su colchón en el piso, con las piernas bajo la cama de Marcos, éste se enderezó un poco en su cama y señalando con la cabeza hacia donde el muchacho gay dormía, le dijo a Samuel, nomás porque sí, de pronto, como uno más de los innumerables chismes de prisión: "Sabes por qué le dicen Lucky Boy a ese marica? – no esperó la respuesta de Samuel- porque había aquí un gringo de Arizona, allá de Estados Unidos, le dio algunas clases de inglés a Lucky, en parte porque a Lucky le gustaba el inglés, pero en *mayor* parte porque le gustaba el gringo y le insistía. Una noche, entre "I am, you are, he is…", Lucky se descaró y le dijo con candidez al gringo que se sentía un chico afortunado, pues desde los once años, cuando tomó conciencia de su sexualidad, había vivido rodeado de "príncipes", hombres entre los cuales creció, con los que vivió y traficó los envíos de *maconha* de Bolivia, siempre hombrezotes, de todos colores y tamaños y ahora, hasta en la cárcel, tenía la fortuna de ser una princesita, qué digo princesita, reyna, entre los machos!, "Yes Sir, entonces lo que tú eres realmente es un 'chico afortunado', un Lucky Guy, o Lucky *Gay* mejor, no? –el gringo se rió– no, no, *perdão*, Lucky Boy. You are a Lucky <u>Boy</u>!"; Lucky se rió sin entender mucho, trató de repetir sambando y moviendo el *bumbum*: "¡Eso es, *aim a Loki Boi*", se rió más y el gringo se rió también, pues, por la pronunciación de la última palabra, enseguida pensó en un toro y en el tamaño de "la dotación" que le había visto a Lucky varias veces mientras se bañaban, y Marcos se rió al recordar el episodio y contárselo a Samuel –hasta tosió de la risa y le dolió la herida– y Samuel también rió, pero con tristeza, al recordar todo eso ahora después de muerto y con la patética figura del joven que le había disparado los recuerdos, ahí, frente a él, a unos pasos, escuchando música sin escucharla realmente, drogado, como un autómata sin redención ni escapatoria. Lucky Boy…

Vio cómo la burbuja naranja que lo rodeaba cambiaba de tonalidades –hacia los azules– a la altura de la cabeza, el pecho y las rodillas, cada vez que Lucky Boy chupaba el humo y lo retenía apretando las mandíbulas y los labios, "dando el golpe". Samuel vio los filamentos en espirales de color azul cielo que iban tomando forma dentro del aura del fumador. Eran como pequeñas culebritas azul pálido que aparecían cada vez en mayor número, como un penacho sobre la cabeza de Lucky, como una armadura puntiaguda sobre su pecho y como rodilleras estilizadas de portero de hockey sobre hielo, sobre sus rodillas. Aunque no oía sonido alguno, el movimiento de los pies y la cabeza del joven, más intenso por momentos, le revelaba a Samuel que la música subía de volumen o de intención y notó que en esos momentos alrededor de las culebritas se formaban vainas cafés que aparecían y desaparecían. "Parece que el que está fumando soy yo", reflexionó y comprendió que esos cambios en el campo electro-magnético que rodeaba a las personas –por llamarlo de algún modo– manifestaban cambios internos en sus emociones; demostraban, de hecho, intenciones, sentimientos, actitudes, reacciones, cambios químicos, fisiológicos, de humor –intencionales o accidentales- en las personas, enfermedades inclusive. Y se fue acostumbrando a percibirlos cada vez con mayor detalle y a analizarlos como causa y efecto de actos y expresiones de la gente. Cuando Milton llegaba para pasar lista, Samuel podía predecir el tono de voz que usaría, basándose en los colores, tonos, formas y acomodo de los mismos en el aura del Sargento; esa mañana en especial, también empezó a poder predecir cuándo aparecerían los manchones rojos en el casco café de Nicola, después de notar cambios en los movimientos de su cuerpo o en el ritmo del parpadeo de los ojos del italiano.

Cada vez que Luisa lo llamaba con el pensamiento, se presentaba más rápido, y se quedaba en esos lugares quietecito, sentado al lado de ella en la cama o en el piso del patio, en un intento tardío de cumplirle, de quedar bien con ella, de congraciarse. Permanecía en silencio ahí, a su lado, y la miraba desde muy cerca; a veces, después de un buen rato, le acariciaba la mano con delicadeza, como con miedo de tocarla, o se recostaba junto a ella y permanecía sin moverse viéndola dormir, durante dos o tres horas. Luego, le pasaba la mano por el cabello o se lo besaba, como a Luisa le hubiese gustado que lo hiciera cuando estaba vivo, como aún le gustaría que lo hiciera, como a veces incluso se imaginaba que lo hacía…

Pero las semanas pasaban y Samuel comprobaba que era inútil, demasiado tarde, debió haberlo hecho antes, en vida, con la constancia y asiduidad que Luisa quería. Todo indicaba que aunque desarrollase ahora otras capacidades, no conseguiría hacer sentir a la mujer un contacto a nivel físico, concreto, con un grado aceptable de solidez, de sensualidad.

Con el aumento de sus percepciones extrasensoriales, tuvo agradables experiencias, pero también sustos enormes, como el de aquella noche de Octubre.

Durante dos semanas había estado haciendo viajes astrales a diversos lugares y cada vez más lejos. Había ido a Goiás, a Belo Horizonte a la isla Fernando de Noronha que siempre quiso conocer e incluso había vuelto un par de veces a Río de Janeiro. Todos sus viajes eran nocturnos pues todavía no se aventuraba a realizarlos durante el día. La luz y los colores le distraían demasiado la concentración requerida para los esfuerzos continuados de localización, acopio de energía, control y sentido de dirección para los desplazamientos. Pero aun de noche los colores, la luminosidad, las vibraciones de los cuerpos, los detalles, eran mucho más vivos y maravillosos que antes, y volar cruzando ríos, valles, selvas, montañas y parte de un océano en pocos minutos para llegar a una isla tropical y percibir con perfecta definición y todo detalle la textura de las rocas, los contornos y sombras en las calles rústicas, los insectos entre las juntas de las láminas de las casas de madera, mulatas platicando en las varandas, los adoquines en las plazas, las burbujas de las olas sedimentariando la arena, los niños corriendo después de la cena, las palmeras pletóricas de cocos y las escamas de los peces de colores que brillaban con una luz especial que no era sólo la de la luna, sino de los cometas, las estrellas, los planetas reflejantes y toda la luz del universo, era algo que sobrepasaba cualquier expectativa. Hubiese querido llevar a Luisa. Ella hacía sus propios viajes de manera inconsciente en sus sueños mientras dormía, su alma permanecía conectada al cuerpo por el cordón de plata, pero él aún no tenía la práctica necesaria para ascender a grandes alturas, más allá de las nubes, hacia donde el cordón de plata de Luisa se proyectaba señalando el lugar a donde su alma se dirigía la mayoría de las noches. Samuel se preparaba para el día en que podría ascender hasta encontrarse con el alma de Luisa, ponerse de acuerdo con ella y volar hasta algún lugar... *juntos*.

Aquella noche húmeda y cargada de nubes, Samuel decidió ir a un lugar más cálido y seco. Volaba ya por Manaíra, rumbo a Natal, cuando se sintió nervioso. Abajo de él veía el río Taperoá, la vegetación desigual de la Sierra do Teixeira y aquí y allá pequeños poblados de los cuales partían las columnas plateadas; algunas subían hasta las nubes y más allá, otras se desplazaban en sentido horizontal hasta otros poblados y ciudades de la región, del país, del planeta; otras terminaban a diferentes alturas adoptando en sus extremos diversas formas como de algodón nácar traslúcido, que permanecían ingrávidas, flotando en la atmósfera; esas formas eran las almas, propiamente dicho. Continuó su vuelo, no comprendía el porqué de la sensación, que aumentaba por momentos hasta convertirse en punzante angustia. Sintió que alguien lo observaba. Continuó avanzando un poco más lentamente. De pronto vio de reojo que unos de los cuerpos algodonosos al final de ciertos cordones de plata presentaban cierta relación, algunos eran redondos, otros cúbicos, otros más alargados, de formas irregulares, pero eran todos ellos más brillantes y estaban como conectados, no, no realmente conectados, pero entre ellos constituían una estructura aun mayor, como partes de una forma que al integrarla, por separadas que estuvieran, adquirían cohesión y se conectaban en la mente de quien lo presenciaba, armando un todo completo: era una figura gigantesca, formada por bultos y filamentos luminosos que provenían de muchas partes, situadas más abajo, más arriba, a lo lejos, dentro y fuera de la atmósfera, en el espacio exterior. Samuel la fue descubriendo poco a poco, asombrándose al máximo, y sintió que se moría una vez más –ahora de pavor, de terror absolutos–, cuando distinguió que la figura que se había formado y que ahora lo veía –enorme, prolongándose en su constitución por todos lados, por entre las nubes y los árboles, más allá del piso, de la tierra, hacia abajo y continuando por el otro lado del planeta, y proyectándosele desde diversos puntos del espacio cercano y también desde aquél lejano de las galaxias exteriores-, era, ni más ni menos, el rostro de Cristo.

Segunda Parte

CAPÍTULO VII

Indio y sus cuatro amigos cruzaron el patio grande de la Galería "C". El castigo del paraibano había terminado y el hombre se sentía exultante esa mañana. Caminaban sincronizadamente viendo hacia el extremo del patio donde jugaban bingo, desprevenidos, lo del *Comando Vermelho*.

Samuel despertó un instante previo al momento en que el grupo de los cinco guerreros de auras escarlatas cruzaría por donde él estaba acostado en el patio; se le olvidó su naturaleza incorpórea, reaccionó espantado y con la mayor rapidez posible trató de hacerse a un lado. Si hubiera tenido en ese momento un cuerpo físico no lo habría conseguido y el grupo de presos lo habría atropellado. Los hombres cruzaron a través de él. Un poco más calmado, los vio seguir de frente, comprobando que nada podía realmente atropellarlo. Llevaba varios días, desde la noche de la fantástica visión, en un estado límite de tensión nerviosa: todo le espantaba, creía ver puntos luminosos que construían formas en la naturaleza, cualquier movimiento repentino lo ponía al borde de la histeria y había suspendido los viajes astrales nocturnos.

Aquella mañana soleada de primavera en Brasilia, había hecho su primer viaje matutino, cortito, de la celda de Luisa al patio de la Galería "C" y al llegar ahí se sentó tratando una vez más de poner en orden sus pensamientos y de explicarse de manera lógica la aparición de aquella figura descomunal. Una vez más le había resultado inexplicable, a pesar de intentar varias teorías más o menos consecuentes con sus nuevos conocimientos. Terminó por recostarse en el centro del patio y se quedó pensando cuánto le gustaría tener con quién platicar sobre ese asunto; cómo quería contarle a Luisa sus experiencias!; cómo sería feliz si encontrase a alguien, fantasma o no, que le explicase qué significaba la presencia de aquel rostro y cómo estaba formado y *para qué*! *Por qué*?

Vio a Indio llegar al extremo del patio y con cautela se aproximó para leerle los labios. Pensó en una posible pelea entre pandillas, en alguna venganza de Indio.

Los del *Comando Vermelho* se pusieron de pie y rodearon a Indio y los suyos. Los trece hombres parecían formar una masa compacta de fuego por las auras de diversos rojos que mostraban. Lyndonjohnson, líder de los del *Comando*, le explicaba algo a Indio, que veía con el ceño fruncido hacia lo alto del muro. A pesar de no ser muy alto ni corpulento, la figura del paraibano imponía un respeto inmediato. Era delgado, sólido, sólo músculos, moreno y requemado por el sol, tenía cicatrices de acné en la cara y de cuchilladas, navajazos y balas en varias partes del cuerpo, los mechones del cabello negro y corto le caían como chorros de petróleo sobre la frente, totalmente lacios y pegados a la piel. A Samuel le recordaba el aspecto del Indio Juan Diego en cuadros y litografías, el que vio aparecérsele a la Virgen Morena en el Tepeyac del México Colonial. Indio nunca sonreía, pocas veces movía las manos gesticulando y casi siempre permanecía observando y analizando minuciosamente las frases y actitudes del interlocutor. A éste, al del *Comando*, no lo observaba, o porque lo conocía de más –pensó Samuel– o porque deseaba hacerle patente su autoridad.

Samuel leyó los labios del que hablaba. Le explicaba a Indio que aunque ellos estaban esperando la transferencia para Río de Janeiro que llegaría de un momento a otro –"ilusos", pensó Indio–, apoyarían la rebelión que estaba preparándose y sobre la cual ya se comentaba por las noches en las celdas de tres de las galerías.

Indio continuaba viendo hacia diversos puntos de las alturas del muro, pero su aura reflejaba una actividad interna mayor, era de un rojo más intenso y cambiaba por momentos hacia un marrón con franjas negras que se manifestaban como agujeros abiertos en algunas partes. Samuel se sentía bien de estar de alguna forma dentro de aquel círculo de presos importantes; estando vivo, nunca le habría parecido conveniente. Indio comenzó a hablar, aún viendo el final del muro; habló del perro de Joaquim, otro de los guardias, que la semana anterior, en un entrenamiento, se había soltado del entrenador y había atacado a un preso de la Galería "B", destrozándole el brazo. "Para eso los entrenan en los patios -dijo Indio-, para que se acostumbren al olor del preso -frunció la nariz e hizo la mueca de una sonrisa-; los presos, aunque se bañen cuatro veces al día –le pegó en la panza a Moacyr, uno de sus acompañantes, y luego a otro, en el pecho-, como aquí Wanderley, siempre vamos a oler igual: a mierda!". El del *Comando* se limpió un diente con la lengua. Samuel le notó burbujas de color gris metálico a los lados de los parietales, flotando en el rojo brillante de su aura, que, justo a partir del cuello, hacia arriba, se hacía más pálida por momentos y dejaba ver un sinfín de pequeñas nubecitas suspendidas. "Miedo –pensó-, éste se está orinando de miedo".

Samuel volteó a ver a Indio justo en el momento en que los labios del paraibano decían "…Samuel, el que se murió en la galería especial". Samuel, en el estado nervioso en que se encontraba desde la visión del rostro gigantesco, se preocupó; angustiado se concentró en los siguientes movimientos de la boca de Indio: "Era buena gente, y ya ves, murió, por lo mismo nunca se quejó, pero el desgraciado del Sargento Milton lo trataba como a sus calzones, lo presionaba y lo agredía, y como el otro no decía nada… -ahora Indio veía fijamente a los ojos de Lyndonjohnson-, una vez lo dejó sin colchón, durmiendo cinco semanas en el piso… y ese *cara* era inocente, lo prendieron por error!. Aunque sea sólo por eso, el día de *Natal*, ese hijo de puta me las va a pagar".

Cuando la plática terminó, Samuel voló rumbo a "su" Galería. La fuga o revuelta, o lo que resultare primero, sería la noche de *Natal*. Iniciaría a las 11:30 pm en la Galería "A" del Ala Norte y, alfabéticamente, cada minuto y medio, se extendería hasta la "E". Después, cuando el fuego comenzara en dos de ellas, los de la Galería Especial harían lo suyo. Lo más importante para Samuel era el orgullo que sentía de saber que su situación, su persona, sus actitudes de cuando vivía, sus problemas, animarían a algunos presos en la revuelta, como a Indio, para echarle más ganas al levantamiento. Pensó en aplicarse más para desarrollar sus capacidades y poder ayudarlos de algún modo.

Esa noche, más animado, venció el miedo y decidió realizar otro de sus viajes. Pasó por la celda de Luisa, la vio llorando en su cama y se quedó con ella hasta que se durmió. Después, subió a la azotea del edificio de su galería, y emprendió vuelo hacia el norte evitando al máximo acercarse a la ciudad de *Natal*, por donde había tenido la asustadora visión. Decidió intentar esa noche un viaje más largo, pensó en seguir volando siempre hacia el norte, hasta entrar a territorio americano y conocer los Estados Unidos. Voló sobre Venezuela, pasó luego por el Canal de Panamá, minutos después vio a lo lejos, abajo, las transparentes aguas del Caribe mexicano prácticamente bañando las pirámides mayas en Tulum, cruzó el Golfo de México y entró a los Estados Unidos por el lado de Texas. Sonrió al pensar que ésa sería una forma mucho más fácil para todos los *"braseros"* mexicanos, de pasar hacia la Unión Americana, pero...*con qué manos iban a recoger los tomates de los agricultores gringos?*

Vio la ciudad de Houston, le gustó la ciudad de Dallas y continuó hacia el norte. Trató de recordar sus pobres conocimientos geográficos, trataría de conocer lugares que contuvieran cosas interesantes. Entre ensayos y errores llegó al Distrito de Columbia, a Washington, y se dirigió a la Biblioteca del Congreso. Quedó maravillado por los miles y miles de volúmenes, pero no sabía por dónde empezar. Quería encontrar libros que le permitieran desarrollar más sus capacidades, pero recordaba poco de las lecturas que había tenido cuando adolescente. Caminó por entre los estantes, subió y bajó flotando a diferentes niveles buscando títulos y ante lo arduo de la tarea, decidió localizar un catálogo. Pasó por diferentes oficinas y entendió que las computadoras, a pesar del avance que significaban, tenían un gravísimo defecto, por lo menos para los fantasmas: no había nada de ellos que en su falta de cuerpo material, sólido y concreto, pero aun con la posibilidad de traspasar volúmenes y cuerpos, pudiera obtener, como información específica, *dentro* de una computadora!

Anduvo buscando alguna bodega con archivos "muertos" o alguna sección que contuviera sistemas más tradicionales de almacenamiento de información. Dio con un cuarto que tenía en su interior gavetas llenas de tarjetas; ahí estaba lo que necesitaba, pero pasó mucho tiempo tratando de localizar los temas importantes para él: "Viajes Astrales", "Espiritismo", "Disciplinas Orientales" y otros por el estilo. Estaba tan absorto en su tarea y tan entusiasmado por todo lo que representaba estar en ese lugar, aprendiendo, que olvidó algo que ya había notado alguna vez: que cuando el fantasma permanece más o menos inmóvil en el mismo lugar, el transcurrir del tiempo le ocurre a una velocidad similar a la que perciben las personas físicas. Cuando vio el reloj de pared eran las cinco de la mañana. Interrumpió su actividad, para aprovechar a conocer la ciudad que siempre había deseado visitar: Nueva York. Salió de Washington y voló con extraordinaria rapidez. En pocos minutos vio a la distancia los miles y miles de luces, no solamente cercanas al piso, sino a diferentes alturas, dejándose ver tras los cristales de los rascacielos. El azulnegro del horizonte se veía recortado por las inmensas estructuras. Comenzó a descender feliz de la vida, o quizá habría qué decir, mejor: feliz de la muerte, que ahora le permitía tantas cosas nuevas y vio las anchas avenidas, los comercios cerrados, los noctámbulos de pasos vacilantes, los pordioseros durmiendo en las aceras y los ancianos tapados con periódicos y ropa desgastada, sentados en los quicios de las tiendas al lado de sus carros de supermercado. El amanecer lo sorprendió sobre el río, viendo con tristeza el terreno donde algún día estuvieron las Torres Gemelas y dando vistazos de vez en cuando a la Estatua de la Libertad.

Luisa también quería conocer Nueva York y había dicho a Samuel un día que, la primera vez ahí, visitaría sin falta la tienda "Saks".

Samuel buscó la tienda, la encontró y entró pensando cuánto le gustaría estar en esos momentos con Luisa para que ella disfrutara también todo lo que él estaba disfrutando. Los pasillos llenos de perfumes, de adornos, la ropa, los zapatos, las alhajas, todo un mundo maravilloso de productos que Luisa disfrutaría mucho más que él. Le pareció que uno de los vestidos quedaría muy bien en el cuerpo de Luisa. Lo vio en color azul, y más allá, colgado en otro de los ganchos, en color verde esmeralda. "Ése, el verde –pensó– ése es el que a ella le gustaría".

Luisa abrió los ojos menos amargada. Había estado soñando con Samuel... que volvían a Cancún y que hacían su primer viaje a los Estados Unidos, a Los

Ángeles, en auto.

Samuel, sentado en la cama junto a ella, la vio despertar, le acarició la frente y el cabello y le dio un beso en la boca, antes de que la mujer se enderezara. Desde el primer día de Noviembre, no importando qué tan lejos estuviera o hubiese llegado en el viaje de la noche en cuestión, volvía para estar junto a ella cuando despertara.

El Sargento Milton, como cada mañana, llegó para comprobar el número de presos. Se detuvo frente a la celda de Luisa. Samuel vio el verde sucio del aura del Sargento, cruzado por unas líneas color crema. Y comprendió que esa mañana estaba de mejor humor y tal vez dispuesto a algunas concesiones. Samuel tocó a Luisa en el hombro invitándola a que aprovechara la ocasión pero recordó, después de varios intentos, que causar sensaciones en otros cuerpos físicos estaba más allá de sus alcances. Intentó otra cosa: se acercó al oído de Luisa, se concentró y le dijo: "Pídele que hoy las deje más tiempo en el patio para el baño de sol y pídele también que devuelva las revistas que le quitó a Simone la semana pasada". Luisa seguía escuchando al Sargento Milton que le preguntaba sobre su estado de ánimo; nada de lo que Samuel le dijo fue registrado por la mente de Luisa, ni provocó el más mínimo cambio (ni siquiera de intención) en ella.

CAPÍTULO VIII

A las once de la mañana, después de haber estado un rato con sus ex-compañeros en el baño de sol, Samuel regresó a su celda flotando sobre ellos. Pasaron por enfrente de la celda de Luisa y Samuel le hizo un gesto saludándola. Pensó en regresarse para acompañarla al patio cuando la sacaren con Simone, pero por alguna razón se olvidó de la intención y permaneció en la celda junto con los otros presos.

A las 12:00 del día, después de haber oído una repetitiva discusión entre Nicola y el alemán, que terminó cuando los dos se pusieron de acuerdo para fastidiar a Lucky Boy una vez más, Samuel decidió hacer su primer intento diurno de viaje a distancia. Siguió la misma ruta que la noche anterior. Pudo ahora ver hombres descargando en el Canal de Panamá un buque muy grande que tenía pintado el nombre "Little Star" en la proa, los pozos y complejos sistemas de acueductos subterráneos de las ruinas de los mayas en las selvas de Quintana Roo, pasó por encima de la refinería de Tampico, y entró a los Estados Unidos admirándose de las bellezas de la ciudad de Nueva

Orleans. Al llegar a la Biblioteca del Congreso, se dirigió directamente a la sala donde había encontrado las tarjetas con los títulos de algunos de los libros y después de memorizar la ubicación de tres de ellos se dirigió a los estantes para localizarlos. Estuvo un buen rato buscando el primero de ellos. Era el noveno volumen de la "Enciclopedia de las Disciplinas Esotéricas" de Durkin. Comenzó a leer ajustando su percepción a cada una de las páginas por las cuales cruzaba, traspasándolas, a una velocidad controlada para ir sobre la marcha memorizando los datos y las frases que más le interesaban. Se detuvo especialmente en la página mil trescientos ochenta, donde habla del manejo de los cambios de energía y de las técnicas para desarrollar los centros de energía psíquica en el cuerpo a fin, no sólo, de realizar tareas con el cuerpo físico, sino también con el cuerpo astral. El problema era que todos eran libros para vivos. (Por qué a nadie se le había ocurrido escribir un libro, un texto, un libro de lecciones o consejos para muertos, para fantasmas?). Leyó también en la página dos mil trescientos cincuenta lo referente a los desplazamientos instantáneos (aquellos equivalentes en el plano metafísico a la hipotética *trasportación instantánea* de la materia), y se quedó un par de horas leyendo los tres primeros capítulos del séptimo volumen de la "Colección de Fenómenos Sobrenaturales a través de la Historia", aquéllos que hablaban de los viajes astrales realizados a distancias interestelares por los Monjes Benedictinos del Perú colonial.

Pensó en pasar de nueva cuenta a Nueva York para conocerla de día, pero recordó que precisamente aquel día Indio y los del *Comando Vermelho* se reunirían para continuar con el plan de la fuga. Se apresuró para regresar y llegó al patio de la Galería "C" sobre las tres de la tarde, viendo en su descenso que Indio había llegado ya y se encontraba sentado junto a uno de los muros, con las piernas encogidas, abrazándose las rodillas con los brazos y la espalda pegada a la pared. Con él estaban los mismos del otro día. Lyndonjohnson, el negro líder del comando, bebía un refresco de guaraná y escuchaba atentamente los comentarios de Indio.

Por la noche, Samuel tomó la decisión de intentar lo que más le emocionaba: encontrarse con el espíritu de Luisa, en algún punto en las alturas, adonde quiera que ella fuese cuando dormía, por encima de las nubes, y comunicarse con ella en ese otro plano, más allá de la realidad física, para contarse mutuamente sus cosas, sus opiniones, sus sentimientos y viajar juntos a otros lugares.

Poco antes de las once de la noche, le sorprendió la intención que tuvo de arreglarse un poco – "arreglarme…qué?!- para estar mejor presentado al momento de verla. -Ni cuando estaba vivo"- pensó.

Parado en la azotea del edificio observó la columna luminosa que partía de dentro de la celda de Luisa, desde su abdomen, hacia las nubes. Viéndola más de cerca, se fijó en que estaba formada por una finísima red de puntos y líneas luminosas que se entrelazaban en estructuras cuadrangulares, pentagonales, hexagonales y circulares, formando placas que iban en todas direcciones como si se tratara de panales de abejas donde las celdillas tuvieran formas diferentes, se intercomunicaran y estuvieran acomodadas en planchas muy delgadas intercalándose unas con otras hasta ir formando un cilindro larguísimo. Comenzó a volar subiendo paralelamente al cordón de plata de Luisa. Subió, subió más y siguió subiendo hasta llegar a la parte baja del colchón de nubes, lo cruzó y salió del otro lado. La claridad de la atmósfera y los miles de estrellas le hicieron recuperar un poco la calma. A lo lejos, la luna empezaba a asomarse por el horizonte entre otros grupos de nubes. Vio hacia arriba y comprobó que la columna luminosa que conectaba el alma de Luisa con su cuerpo físico –dejado allá abajo durmiendo en la celda- seguía ascendiendo por muchos metros más. Continuó subiendo y a una altura muy grande (aunque todavía dentro de la atmósfera de la tierra), en el extremo del tubo de energía, encontró el abultamiento en forma de huevo, un poco más ancho que la columna luminosa. Era esponjoso, blanco y más brillante que el cordón de plata de Luisa, y Samuel no supo si era obra de su imaginación o efectivamente la forma algodonosa empezaba a cambiar de forma, pero después de unos momentos percibió que, efectivamente, la forma comenzaba a sufrir transformaciones para ir adquiriendo el contorno aproximado del cuerpo de Luisa; también en la parte correspondiente a la cara, la mayor parte de los rasgos de Luisa empezaron a reproducirse. Samuel permaneció maravillado viendo los cambios en aquella forma de energía. Luisa, una vez conformada como tal, vio hacia todos lados sin dar muestras de percibir la presencia de Samuel y empezó a desplazarse hacia el norte. Samuel se quedó un momento viendo cómo avanzaba el alma de Luisa conectada al cordón de plata, y éste a su vez se prolongaba hacia abajo, seguramente hasta llegar al cuerpo de la mujer en el interior de la celda. Samuel reaccionó y empezó a volar atrás del alma de Luisa. Aceleró la velocidad para rebasarla y una vez que lo consiguió se le plantó enfrente y le hizo señas para que se detuviera, saludándola y diciéndole: "Soy yo, mírame, soy yo, *Samuel!*"; Luisa cruzó por donde él estaba y siguió hacia adelante sin notarlo. Samuel se quedó desconsolado en el mismo lugar, pensando qué hacer para lograr comunicarse con ella. (Sería que así como le era imposible –ya muerto, comunicarse con el cuerpo físico de Luisa, también le sería imposible comunicarse con su alma...?)

Decidió cambiar de estrategia. Una vez más, voló rápidamente para rebasarla y la esperó unos treinta metros más adelante, pero en vez de hacer gestos o señas o de mover su cuerpo como lo hubiese hecho en la vida real, decidió permanecer flotando en el aire y hacer un gran esfuerzo de concentración para *aparecer*, para hacerse visible, para poder ser percibido por la mujer.

En su celda, Luisa soñaba que caminaba angustiada por un desierto, tratando de encontrar a Samuel. Era de noche, la luna brillaba dándole a las dunas una tonalidad plomiza y ella corría desesperada sin saber por qué, gritando "Samuel, Samuel, Samuel!", de pronto, después de subir una pequeña montaña de arena, al llegar a la cima vio a Samuel a tres metros de distancia, estaba parado muy derecho, vestido con un traje formal completamente fuera de contexto para el lugar y el momento de que se trataba, muy serio y, visiblemente, esperándola.

En la estratósfera, Samuel, maravillado, vio que el alma de Luisa lo notó, por fin. La mujer se detuvo, alzó lentamente las cejas y después comenzó a avanzar hacia él. Era tal la emoción de Samuel en ese momento, que permaneció flotando en el aire a esa gran altura sin moverse, sin levantar los brazos, temblando, porque al fin, después de tantos días que para él fueron una eternidad, podía volver a comunicarse con Luisa.

La mujer lo abrazó; él, cuando pudo reaccionar, le tomó la cara con las manos. Los dos estaban a punto de llorar.

Esa noche platicaron de tonterías sentados en la cumbre del Aconcagua, volaron tomados de la mano sobre las Islas Vírgenes del Mar Caribe, hicieron el amor en una playa de Santo Domingo, se recostaron sobre la cabeza de Lincoln en el monte Rushmore, y acabaron por visitar la tienda "Sacks" y llegar hasta la sección de vestidos donde Luisa se colocó dentro del vestido verde esmeralda, del cual Samuel le había comentado. Él la miró extasiado e hizo dengues como tomándole fotografías desde varios puntos del departamento de vestidos para jóvenes. Fue una borrachera de felicidad para los dos, al grado de que al día siguiente, Milton tuvo que gritar varias veces (las últimas ya verdaderamente preocupado pensando que otra tragedia había ocurrido en su galería) y Simone movió el cuerpo de Luisa durante cuarenta segundos, antes de lograr que la mujer se despertara. Cuando Luisa vio la cara molesta del guardia y la expresión espantada de Simone, saltó de la litera feliz aún por las sensaciones tan reales de su sueño y corrió para tomar su vaso de la mesa haciendo muecas y ruidos con la boca; por primera vez en varios meses...*sonreía*.

Los siguientes diez días los pasaron visitando todos los puntos del planeta, acostumbrándose a volver a estar en contacto uno con otro. Perfeccionaron la forma de desplazarse juntos y acabaron una de sus noches de aventura sentados en el centro del Mar de la Tranquilidad, viendo a cuarenta y cinco grados sobre el horizonte, como luna de la luna, el magnífico planeta azul que estaban empezando a conocer de verdad y en el cual Luisa, en una pequeña cárcel de un país tercermundista, dormía encontrando en sus sueños por primera vez en la vida la verdadera magia del universo.

En los sueños de Luisa, Samuel aparecía con las características que la racionalización del sueño en la mente física de la mujer le otorgaban. De acuerdo a las diferentes circunstancias en las que soñaba, aparecía vestido de diferentes formas o metido en aventuras que no tenían demasiado qué ver con aquéllas en las que efectivamente los dos se involucraban cada noche, sino que eran el acomodo lógico que en la estructura mental de Luisa ella les daba a las sensaciones que en el plano astral vivía con Samuel.

Dentro de esa racionalización ella oía claramente su voz, lo que no le ocurría a Samuel, quien a pesar de que movía los labios, conversaba y veía que Luisa conversaba con él, sólo conseguía una comprensión o intuición del significado de las cosas, y se limitaba a ver el movimiento de los labios, pues, en su mundo particular, el sonido seguía permanentemente ausente.

De día Luisa pasaba también largos ratos soñando despierta con Samuel, pensando en él, no sólo en el

Samuel de antes, del romance, de los problemas, de las aventuras, de los viajes a Brasil, sino también en el Samuel que ella se imaginaba a veces vestido de blanco, o de traje negro muy formalito, o desnudo, entre nubes, entre nieblas blancoazuladas con destellos brillantes de luz ahí y allá, con alas en la espalda... como un ángel. Pensaba si estaría en el cielo, en un lugar posiblemente mucho mejor que este mundo, o más bien: cómo sería *ese* cielo en el cual Samuel seguramente estaba?, pues pocas veces pensó que ya no quedase nada de él en otra vida, más allá, y que hubiese muerto totalmente, desparecido *completamente*; y nunca imaginó la posibilidad de que hubiese ido para el infierno. Así que entre recuerdos de películas que había visto sobre el tema y recuerdos de sus cuentos y fantasías de niña, se imaginaba a Samuel de varias formas y en varios tipos de "cielo". Lo veía más limpio, más pulcro, afeitado, impecablemente peinado, más hábil, puro y bueno – aunque siempre supo que era muy bueno y con un grado de pureza muy superior al de los demás–, y a pesar de verlo en su imaginación muy serio, quizá más de lo que ya de por sí solía ser cuando vivía, percibía en él el esbozo de una sonrisa tierna que le agradaba, la tranquilizaba, la reconfortaba. Lo veía en terrenos y paisajes de lugares que no conocía y que por la coloración e intensidad de sus matices fantásticos se le figuraban de otros planetas, de algún otro tipo de realidad mágica, celestial. Montañas anaranjadas, picos de nieve dorada, nubes color mamey, valles con rocas verdesmeralda, muy brillantes, cactus azules, plantas raras de colores indescriptibles, dunas de arena algodonosa de un amarillo limón intenso, mares de color cereza, todo enmarcando por momentos la figura de su amado, a quien con gusto y orgullo comenzaba a imaginar –lo viese con alas de diversos tamaños, algunas hasta dobles, o a veces sin ellas-, como su propio y particular ángel de la guarda, el suyo, *suyo*, aquél que la protegería y salvaría de los peligros y la acompañaría en el misterio de las cosas por venir.

Samuel quería invitarla a viajar durante el día, pero ella solamente dormía de noche y aún no realizaba viajes astrales de manera consciente. Por las mañanas y gran parte de las tardes, Luisa permanecía recordando detalles de sus sueños, escribiendo algunas cosas y sintiendo la ausencia de Samuel. Rezaba más y sentía que ese acercamiento con Dios le permitiría volver a encontrarse con Samuel. No se daba cuenta de que ya lo había conseguido.

Durante el día, Samuel realizaba viajes largos y visitaba otras bibliotecas; también frecuentaba los alrededores de la prisión tratando de estructurar un posible plan de fuga para Luisa. A veces, en las tardes, buscaba un lugar solitario y elaboraba una gran cantidad de teorías para explicarse la aparición de aquel rostro de Cristo. Por la impresión tan dramática que fue para él aquella visión, posponía el momento de volver al lugar desde el cual la había descubierto.

Un día que Lucky Boy se drogaba en su rincón de costumbre chupando el cigarro de *maconha*, el gordo Paulão tropezó con él, "*Seu burro!* no te vi, es que a veces es como si no existieras, pareces un fantasma". Samuel, sentado al lado de Lucky Boy, entendió lo que dijeron los labios de Paulão y se quedó durante dos horas en el mismo sitio a pesar de que todos cambiaron de lugares, vieron la novela de las siete, jugaron dominó, leyeron, y el mismo Lucky Boy se levantó para continuar fumando en el baño. En esas dos horas las frases de Paulão repercutían una y otra vez en el entendimiento de Samuel. "A éste que estaba aquí sentado vivito y coleando, no lo vio; y a mí, que estaba más muerto que otra cosa, me vio el otro día en el baño... de qué se trata? – pensaba – ...existimos realmente, o existimos en la medida en que nos piensan? – trató de recordar en esas dos horas algunas de aquellas teorías idealistas de la existencia, que había estudiado en algún curso de introducción a las doctrinas filosóficas, pero no había muchas vueltas que darle, se convenció de que, aunque Paulão hubiera estado o no pensando en el homosexual, de todos modos se tropezó con él, era un hecho que Lucky Boy *estaba* y *existía* en ese momento y en ese lugar–...y en mi caso? –se preguntó–...y en el caso de aquel rostro de Cristo?"

CAPÍTULO IX

El encargado de coordinar los detalles de la fuga en la Galería Especial de Luisa fue Nicola. A pesar de estar esperando ser llevado a su patria, tenía más interés en fugarse que muchos de los condenados brasileños; Italia lo esperaba con muchos años de cárcel de máxima seguridad de primer mundo. Samuel frecuentaba los lugares donde se reunían los que planeaban la fuga. Buscaba enterarse de cómo sería exactamente y qué podría suceder con Luisa. Quería ayudar. Específicamente *ayudarla*.

Los presos sabían que tenían que estar en la mejor condición. Indio hacía hasta tres sesiones de ejercicios con las pesas de las *garrafas* de agua en el patio de la Galería "C", los del *Comando* corrían hasta tres horas en la mañana y realizaban flexiones y ejercicios donde unos subían por encima de otros haciendo pirámides humanas. Terminaban carcajeándose tirados en el piso para descansar la tensión y distraer la atención de los guardias, quienes suponían que estaban simplemente divirtiéndose.

En la celda 28 de la Galería "C", Indio, Moacyr y

Wanderley abrieron un agujero en el rincón más obscuro del piso por debajo de la cama baja de la litera. Ahí guardaron los tubos, las *facas*, los estiletes y los *espetos* y espadas que habían ido preparando a lo largo de los meses anteriores al día de la fuga. Para disimularlo, lo cerraban con un pedazo del mismo cemento que habían desprendido, llenaban las ranuras con una pasta que hacían con jabón y coloreaban después con polvo de café, cenizas de cigarro y hollín del plástico que usaban para calentar las marmitas; el resultado era una obra de arte del engaño. Luego colocaban encima bolsas con ropa, zapatos apestosos y papeles. Todo quedaba abajo y al fondo de la cama arrinconada, aun sacando las cosas para revisión, como hacían los guardias de vez en cuando, era casi imposible verlo en la penumbra del rincón. La litera de cemento estaba colada en el concreto del muro y al fondo de la celda. No podía ser movida para revisar con mayor efectividad. De la parte de abajo de la cama, raspando y rompiendo el cemento poco a poco hasta llegar a las varillas que reforzaban su estructura, los presos retiraron los trozos de metal de varios tamaños que después afilaron con paciencia, lentitud, obstinación y efectividad ejemplares hasta dejarlos convertidos en armas mortales: unas, con mangos de cuerdas, otras, con mangos de tela, otros, con doble punta o "carcomidos" a trancazos para que después de la punta afilada tuvieran "dientes" y quedasen como sierras o, doblados, como arpones. El resultado era que una vez que entraban –como cuchillo en mantequilla derretida– en el abdomen de la víctima, bastaba sólo jalar con fuerza hacia afuera y el filo de los bordes dentados o de la punta del arpón la mataban rápidamente entre espasmos de dolor infernal.

Los *facões* y espadas de mayor tamaño permanecían en el escondrijo, y los presos llevaban consigo al patio los más discretos, los que en su calidad de cuchillos o navajas podían ser llevados con facilidad para asegurar la protección diaria o para ajustar alguna cuenta pendiente. El negro Lyndonjohnson y sus amigos del *Comando* tuvieron a su cargo la preparación de las *"teresas"*: cuerdas o sogas hechas con cordones, tiras de tela de sábanas y cobertores, y plástico retorcido, todo ello bien trenzado para darles mayor fuerza y consistencia. Las había de varios tamaños, algunas hasta de quince metros de largo y con capacidad para aguantar varios cientos de kilos. También los del *Primeiro Comando* habían logrado meter cuatro teléfonos celulares que utilizaban regularmente con sistemas de *"cartões"* prepagados que conseguía en la calle, introducía y vendía el chofer del servicio de comidas. Con esos teléfonos se comunicaban no sólo con sus familias y enamoradas, sino también con presos de otras prisiones y con cómplices y asociados que andaban libres, en la calle. Tenían también tres pistolas y habían preparado veintiocho bombas Molotov con alcohol de la enfermería o gasolina que robaban de la ambulancia y las patrullas.

Los "artistas" de la Galería "A" hicieron ocho pistolas de jabón. Eran auténticas obras de arte hechas con orgullo y competencia, talladas en una pasta de jabón mezclada con pasta de dientes y un poco de jarabe. El trabajo de los "fabricantes" reproducía cada orificio, cada surco y pliegue de los modelos originales. Después de endurecidas, pintadas con betún para zapatos y bien lustradas, nadie, inclusive un conocedor, podría asegurar, a un metro de distancia, que sólo eran una inofensiva imitación y no las mortíferas pistolas que representaban. Ahí, en la Galería "A" –considerada como de presos no peligrosos y guardias *"moles"*–, comenzaría la acción prevista por el plan de fuga. Someterían a los dos guardias nocturnos con pistolas de imitación, abrirían las celdas y se dirigirían unos a la Galería "B" y otros al muro que quedaba junto al área administrativa. En lo que los líderes asaltaban y entraban a la Sala de Monitores, otros intentarían abrir el portón del estacionamiento y otros más distraer a los guardias de las dos torres cercanas. Todo ello con sincronización absoluta, pues unos instantes después llegarían por las bardas los del *Comando Branco* para reducir a los guardias de las dos torres. Otros del *Comando*, especialistas en robos, irían directamente al estacionamiento para hacer conexión directa en varios vehículos. La idea de la fuga era provocar, al final, una "revuelta" que liberara al mayor número posible de presos de las cinco galerías normales y de la Especial, pero Indio, los del *Primeiro Comando* y los del *Comando Vermelho* que habían hecho el plan general, sabían que "posibilidad real de fuga" sólo tendrían los de las tres primeras galerías, incluida la "C", de presos peligrosos, a la cual pertenecían ellos. De ahí en adelante, quien lograra salir, *beleza*, y quien no, ni modo.

Para el día veinte de Diciembre estaban todos listos, tenían también guantes y nudilleras para golpear, piedras, bolas de alambre retorcido con clavos y el auténtico arsenal de armas blancas, pistolas y bombas que habían preparado. Hasta una botella de doscientos mililitros de ácido sulfúrico –que nadie pudo sacarle a Nicola cómo la había conseguido– tenían lista para el día "D". Aprovecharían la disminución de vigilancia y relajamiento típicos de la noche de festejo, donde además habría la transmisión de un juego de futbol desde el Estadio de Maracaná, en Río –entre Manchester United y Flamengo–, para unir el aparente griterío de buen humor, goles y celebración con el alboroto del inicio de la revuelta.

Indio, que había preparado una *faca* especialmente diseñada, afilada y con su "I" grabada, para estrenarla en la Noche Buena de la rebelión (no sólo "buena" sino la mejor de todas), no aguantó la tentación de probarla el treinta de Noviembre en el cuello de un *alcahuete* que se había animado a decirle a un guardia que "algo grande" se cocinaba para los últimos días del año. Habiendo sido enterado en la madrugada por el mismo guardia -que era su "amigo" y le vendía la *maconha* cada semana desde hacía cinco años-, Indio apareció por la mañana en el patio de la Galería "B" –nadie supo cómo–, y se deslizó lenta, discretamente, pero con decisión, hasta la pared, sin quitar los ojos del *alcahuete* que conversaba con otros dos en el rincón derecho del fondo del patio. Cuando los amigos del *alcahuete* vieron la *faca* afilada en la mano de Indio, ya era tarde. Entre ayudar al amigo que sin remedio se retorcía atragantándose con su propia sangre, y apartarse para no mancharse con los chorros rojos del líquido espeso, prefirieron lo último. Indio caminaba ya de regreso a su Galería, sereno, con el torso desnudo, limpiándose la sangre de la mano derecha en los pelos del sobaco de la axila izquierda. El cuchillo volaba por los aires, por encima del muro, rumbo a otro de los patios.

Los cielos claros y estrellados le recordaban las madrugadas frías a sus catorce años en la Ciudad de México de fines de los sesenta. Aunque en aquella época la ciudad ya no era "la región más transparente" del aire, de cualquier forma, todavía no se había convertido en la atmósfera de heces resecas flotantes que es en la actualidad. El humo de las granadas, tiros y gases lacrimógenos del movimiento estudiantil del '68 ya se había difuminado y si uno subía a la azotea de algún edificio a las cuatro y media de una mañana clara, era posible todavía ver un buen número de constelaciones. Al Samuel adolescente le llamaban especialmente la atención Orión y Las Pléyades, y pasaba mucho tiempo analizándolas cuando subía muy temprano cada mañana a la azotea del edificio de su tía en la colonia Clavería. Sonaba el despertador amortiguado bajo su almohada, se ponía pantalones y camisa sobre la pijama para soportar el frío, agarraba los telescopios que él mismo había confeccionado rudimentariamente con tubos de cartón y lentes que conseguía en varios lugares, abría con cuidado la puerta del departamento y subía silencioso los cuatro pisos hasta llegar a donde se encontraban los lavaderos, los cuartos de servicio y las jaulas para colgar ropa. Buscaba un lugar apropiado para opacar la luz de las casas vecinas y ahí se quedaba, observando los cielos y soñando despierto hasta que empezaba a clarear o, en veces, hasta un poco después si la luna se veía por la mañana. Luego iba al cuarto de servicio y se quedaba ahí solo, meditando y haciendo los ejercicios de respiración de los libros de yoga que compraba en las librerías de segunda mano del centro de la ciudad, o aquellos ejercicios que leía en algunos libros de Lobsang Rampa. Con los gritos de su mamá que le llegaban por el cubo del edificio desde el departamento que alquilaban, pero a regañadientes, Samuel desdoblaba las piernas y deshacía la posición de loto, se levantaba medio entumido y comenzaba a bajar con flojera los ocho tramos de escaleras, para bañarse, desayunar e ir a la escuela.

La azotea de aquel edificio destartalado que su tía había recibido como herencia cuando quedó viuda, fue para Samuel un lugar mágico lleno de experiencias y recuerdos. Ahí veía las estrellas, observaba con los mismos telescopios el reloj de la torre de La Latinoamericana, los atardeceres y puestas de sol teñidos con los vapores calientes de la refinería de Azcapotzalco, las sirvientas en los lavaderos y en los otros cuartos de servicio, y, metido en el correspondiente a su departamento, se ponía a cantar con la guitarra, "Lodi" y "Amanecer en la luna", de Creedence Clearwater Revival, a husmear entre las cosas de su abuela o a retozar con su primera novia, a la que se llevaba ahí para darle sus buenas arrimadas, las primeras, las más emocionantes.

Para Luisa también fue un lugar mágico. Después de oír la historias que Samuel le contaba al respecto de aquella azotea, acabó conociéndola muy bien, pues cuando la muchacha cumplió los diecisiete, cinco años después de haber conocido a Samuel y empezado a vivir con él, tuvieron que apelar al sentido de caridad de la tía ricachona y se fueron a vivir, gratis, a aquel cuarto de servicio. Había gente que vivía en apartamentos que no tenían en la azotea del edificio un cuarto para la sirvienta. Luisa y Samuel vivían en la azotea, en un cuarto de servicio que no tenía apartamento. Eran tiempos difíciles, con Samuel de veinticuatro años trabajando en mil oficios temporales mientras estudiaba astronomía. ("Por Dios! Astronomía!" habían gritado su mamá y su hermano aquél, "el práctico", al unísono, para después iniciar una arenga contra las profesiones inútiles y mal remuneradas). Luisa, de diecisiete, cuidaba niños a veces y daba algunas clases de gimnasia para las señoras gordas del edificio. No les habría quedado casi nada si hubiesen gastado en alquiler, así que Samuel decidió volver a sus orígenes, a la colonia Clavería, de donde había salido con su mamá y su hermano siete años antes creyendo que los tiempos de vacas flacas habían acabado para siempre. En el pequeño espacio de tres metros por dos, Luisa hizo maravillas ayudada por la ilusión y el romanticismo de su juventud. Logró convertir aquel cuartucho en un rinconcito acogedor ("…estamos más cerca del cielo", le decía a Samuel, bromeando sobre una película de las de antes, que trataba de eso mismo: un par de pobretones en un cuarto hasta arriba de un edificio). Samuel era feliz de volver ahí después de las horas que luchaba en la calle para ganarse unos pesos y salir del hoyo. Llegaba, le daba un beso largo, largo a Luisa abrazándola muy fuerte de la cintura y luego caminaban, sin soltarse, hasta el borde, para ver las calles y edificios que empezaban a iluminarse igual que en el cielo las luces de las estrellas que les encantaba ver juntos: Orión, La Nebulosa de Andrómeda...

Regresaban al cuarto y en la mesita colocada en un rincón se sentaban a cenar lo que Luisa hubiese preparado. A pesar de lo duro de la subsistencia, comían entre risas, historias y besos.

Todo eso fue antes de que Samuel empezara a golpearla.

Desde lo alto de su litera, en la celda, Luisa se asomó para ver a Simone durmiendo abajo y después comparó las dimensiones de ese "cuarto" con rejas donde ahora vivía en medio de Brasil, con aquéllas, menores, del cuarto que comenzara como nido de amor y se convirtiera en escenario de pesadillas. Pasó la vista por su celda reconstruyendo en su imaginación muebles, cosas, zapatos, armario. La mesita allá, una caja más allá, el pequeño florero, las cortinas hechas con pedazos de tela de sábanas viejas para las ventanitas de aquel cuarto, pequeñitas, pero mucho mejores que la falta total de ventanas en esta celda inhumana como cueva de conejo. Recordó los rayos de luz oblicua de las tardes de Noviembre y el aire frío que se colaba por debajo de la puerta de lámina... y en ese momento recordó los golpes. Fue como si al cumplir ella dieciocho años, hubiese adquirido, junto con la mayoría de edad, la categoría de *apta para recibir golpizas*". Empezó justo el día de su cumpleaños. Samuel llegó con un pastel cremoso de "El Globo", el festejo empezó bonito, hasta bailaron "How deep is your love" en el pequeño espacio que quedaba, mínimo, entre las cosas del cuarto. Pero luego empezó una discusión, reclamos y recriminaciones, y de pronto, el primer bofetón, seco, sólido, el primerísimo de una larga serie que se extendería intermitente pero frecuentemente a lo largo de dos años, y antes de que ella pudiese reaccionar, por lo mismo, por lo sorpresivo, el segundo, con el dorso de la mano de Samuel, más doloroso y que alcanzó a reventarle con la parte interna de los nudillos el labio inferior y a hacerle un moretón en el párpado derecho.

De regreso a su celda, atravesando por los muros de las otras celdas en serie, sólo por diversión para ver a todos dormidos, pasó Samuel por la de Luisa y se detuvo, pues se sorprendió de verla despierta, pensando, sentada en la litera, lo pies colgando, balanceándose ligeramente, la mano derecha rozando suavemente su ceja, por ahí por donde un día él le hizo un moretón que tardó semanas en quitársele. Fue como si aquella primera vez de los golpes la piel de Luisa hubiese tenido su propio mensaje que expresar: "Soy muy sensible, cada golpe tarda en desaparecer porque me duelen demasiado, demasiado". Aquel día, a pesar de que después de los bofetones acabaron los dos haciendo el amor eufóricamente, abrió nuevos caminos en la relación. A Samuel se le empezó a hacer fácil resolver los regaños, las tensiones acumuladas por la pobreza y las dificultades, con golpes y zarandeadas. Un día, con un empujón, la estrelló contra el espejo de cuerpo entero del armario de la abuela. Ya nunca más reflejaría los dos cuerpos desnudos haciendo el amor en múltiples posiciones frente a él y observándose con excitación y placer en las imágenes duplicadas. Los pedazos que quedaron sin desprenderse de la madera empezaron a reproducir fragmentos de las escenas violentas de aquella relación que en sí misma también se fragmentaba.

El dedo de Luisa bajó por la mejilla, la mano se acarició el mentón, el cuello –la mirada siempre lejana, vidriosa, nostálgica–, los senos, el seno izquierdo –un día de pleito Samuel le había apretado los pezones tratando de lastimarla más, de encontrar variantes para las agresiones y castigos– ...y fue a detenerse en el brazo izquierdo, donde tantas veces la golpeó Samuel con el puño cerrado. Para cualquiera familiarizado con las escenas de discusiones y tranquizas, observar el recorrido de la mano de Luisa por aquellos puntos, los más castigados de su cuerpo durante la época de la violencia, era reconocer que Luisa, precisamente, estaba acordándose de eso. Samuel lo entendió así, flotó en el aire lentamente, se aproximó a Luisa, se sentó con calma junto a ella y la abrazó haciendo coincidir sus manos y el ligero movimiento de frotación, como consolándola, con la mano de la mujer que al frotarse ya no recordaba en ese momento los golpes ni los días de los tres años del Samuel que se volvió violento y agresivo, sino otros días, otros momentos de otras épocas, antes y después, en que Samuel fue para ella la dulzura, los momentos mágicos, la ternura, el verdadero amor…

El Sargento Milton avanzó haciendo ruido, como todos los días, temprano por el corredor. Luisa no supo en qué momento se quedó dormida pero soñó dulces, hermosos sueños: de sus viajes y aventuras con Samuel en Guadalajara y Veracruz, de sus días más tranquilos en el cuarto de la azotea, de sus lunas de miel en Río, hasta de la emoción de sus días de "roba-súpers" con el dinero metido en las bolsas de la compra. Samuel tampoco recordó, a la mañana siguiente, en qué momento se separó de Luisa para irse a su propia celda. Le sorprendió tomar conciencia de pronto de que estaba ya bajo la cama baja de la litera de Werson y de que ya era de mañana, pues atrás del Sargento Milton estaba el hombre que servía el "*café da manhã*". Cada vez más, la costumbre de leer los labios le permitía entender casi a la perfección lo que la gente hablaba. Vio que en "voz baja" Milton le decía a Paulão que ese día al llegar frente a la celda se había acordado del día de la muerte de Samuel, hasta imitó la reacción que había tenido cuando vio que el muerto no se despertaba, y luego, los apuros que había pasado el Delegado para explicarle a Luisa lo que ocurría. Al recordar a Luisa, Samuel traspasó rápido el muro para ver qué había pasado con ella. La encontró durmiendo tranquila. En la parte baja de la litera Simone también dormía.

Samuel salió a la claridad de la mañana. Sobre el lago rebotaban lo rayos de sol que llegaban de por el rumbo de Paranoá. Subió rápidamente y siguió subiendo hasta alcanzar el espacio exterior. Ahí, el firmamento no hacía mayor diferencia entre cómo se veía a esas horas y cómo se veía por las noches. Se detuvo a medio camino de la luna y se preparó para continuar practicando la transportación instantánea. A lo lejos, localizó el brillo de Venus. Se relajó, sintió que su "cuerpo" se diluía en pequeñísimas partículas que quedaban flotando más o menos en el mismo lugar, pero más flojas, con menos tensión. En el lugar donde debía estar la cabeza aumentó la tensión y realizó un esfuerzo para concentrar la energía en donde quedaría la base del esternón, por la boca del estómago. Espero así unos minutos, visualizando Venus, cerró los ojos, se quedó así. Los abrió luego de un rato. Vio las nubes de gas, los valles líquidos. Estaba en Venus.

El hombre con el envase con leche caliente sirvió los dos vasos y los pasó por entre la reja a Simone y a Luisa. Luego siguió caminando junto con el Sargento Milton hacia las otras celdas. Luisa, sentada frente a la mesa de cemento, aún con sueño por la desvelada de recuerdos y meditaciones y comiendo con desgano el sándwich de mortadela barata, pensó que desde la muerte de Samuel se sentía mal tan sólo de ver al Sargento Milton. Se le revolvía el estómago, y no es que recordara conscientemente los pensamientos y sensaciones de dolor, sino que volvía a tener físicamente esas sensaciones, a sentir visceralmente con toda su crudeza aquellas cosas que sintió el día más doloroso de su vida a partir del momento en que corriera gritando hasta la reja del patio el nombre Samuel pero sabiéndolo ya muerto. No le gustaba ver al Sargento y menos cuando, como esa mañana, llegaba con ojos y semblante de haberse emborrachado la noche anterior. Se sintió igual que cuando desayunaba sola, triste y desanimada en el cuarto de la azotea -la cara hinchada por los golpes de la noche anterior y de tanto llorar-, una vez que Samuel había salido a trabajar. Fue la época más difícil de su vida y de su relación con Samuel, pues al sufrimiento de los golpes se sumó el de ver cómo su compañero empezó a tomar y a tomar hasta convertirse en un borracho frecuente, lo que ella nunca hubiese imaginado en un joven como Samuel, sano físicamente, apuesto, romántico, con sueños, ideales, ambición y empezando sus veintiséis años. Pero ahí estaba ya sin ir a la Universidad y prácticamente desempleado, llegando cada noche más tarde y cada semana más veces borracho, cayéndose, agrediéndola verbalmente o provocándola con ironías hirientes, buscando pretextos para acabar golpeándola, desgarrándola. Algunas noches no salía, pero comenzaba a beber ahí mismo vasos y vasos de Ron Bacardí con un poquito de Coca-Cola y hielos de la bolsa que compraba en la gasolinería cercana. Y cuando se acababan los hielos mandaba a Luisa a comprar más o, si la había golpeado, salía él tambaleando, aferrándose de más al barandal de fierro negro para no caerse y viendo con cuidado los dobles y triples escalones que se le aparecían. Bajaba los pisos hasta la calle y volvía con una o dos bolsas más. Cuando bebía en la calle no era con amigos, era también, como ahí, en solitario. Luisa se lo perdonaba todo y entendía, con la gentileza de su amor firme, del bueno, que Samuel no bebía por placer ni por vicio, y que, así como con sus golpes y agresiones, tampoco quería lastimarla o dañarla a *ella*, sino que era otra forma de desviar hacia otras actividades, otras personas, otros rumbos, el odio que sin reconocérselo sentía contra él mismo por haber llegado a esa edad muy por abajo del nivel en que él mismo se había soñado, sin carro, sin hijos, sin casa, sin carrera, sin un buen telescopio, sin estrellas.

Samuel venía ahora ya de regreso, no con la transportación instantánea sino con calma, recordando las cosas que había visto en Venus. Al ver un cometa que se apreciaba a lo lejos, pensó que aquella noche intentaría un viaje más largo con Luisa, pero quizá no hasta Orión (aún no se sentía capaz), sino más cerca, más a lo seguro. "Va a decir que qué fantasma tan rascuache, que '*não presto*', si de casualidad no me sale el numerito por andar queriendo ir tan lejos. Se va a enojar; bueno, si no se enojaba cuando me portaba yo tan mal, por qué habría de empezar ahora?" Pensó en el regalo tan grande que había sido esa mujer en su vida, en cómo ella lo había amado en serio, como nadie, en cómo querría estar vivo para besarla más, acariciarla más, hacerla sentir mejor, menos sola, menos triste, más acompañada, darle un poco de lo que ella se merecía, reconfortarla. Sintió una vez más la desesperación de la impotencia de la muerte, la tremenda limitación. Se prometió que aquella noche, aunque fuera así, en espíritu, aunque ella no los recibiera directamente, aunque no los sintiera al recibirlos, allá, durante el viaje, entre las estrellas, le daría muchos, muchos besos.

CAPÍTULO X

Los sueños de Luisa, por las noches, eran una especie de alucinaciones de lugares fantásticos y desconocidos, en los cuales algunos momentos mágicos y románticos se mezclaban con otros bellos momentos de los recuerdos y con accidentes, pleitos y discusiones. Hubiese querido soñar a Samuel siempre en la mejor de sus formas, pero muchas veces terminaba reproduciendo en sus sueños el equivalente de alguna de las viejas escenas de desavenencias y maltratos que Samuel solía representar en la peor de sus épocas. Luisa hacía grandes esfuerzos por quitarse eso de la cabeza y se dormía expresamente rogándole a Dios paz para ella y para el alma de Samuel, y la posibilidad de soñarlo como a ella más le gustaba recordarlo, como fue en los momentos que le dejaron marcada toda la vida: el más tierno, romántico y apasionado de los enamorados.

Cuando la terrible desesperación superaba en ella al desencanto y la apatía absoluta, Luisa decidía que tenía que lograr escapar de ahí a como diera lugar. En contraste con las infinitas posibilidades que la libertad le ofrecería, la visita a la tumba de Samuel no sería precisamente la más brillante y colorida que pudiera ella imaginar; sin embargo, ésa era su principal motivación, poder visitarlo en donde hubiese sido enterrado.

Sabía que algo se tramaba en la galería, alcanzó a escuchar también algunos comentarios que le hicieron pensar que el plan se extendía a las demás Galerías, pero a ella nadie le había dicho nada. Simone vivía en su propio mundo de ensimismamiento, *maconha* y sueños diurnos. Luisa intentaba elaborar ella sola su propio plan de fuga e intentaba conocer cómo sería el plan general para tratar de encontrar acomodo en él o, por lo menos, para aprovecharlo. Así como Samuel hacía avances en el plano astral, Luisa desarrollaba capacidades para sobrevivir a la prisión. Se sorprendía ella misma muchas veces al comparar el tipo de conocimientos que estaba adquiriendo ahí dentro, con aquéllos que en su vida "normal" había adquirido. Nunca había tenido necesidad de aprender —como ahora- a encender un fuego y mantenerlo encendido con plástico arrugado de bolsas viejas de supermercado. Ahora calentaba los restos de comida en *marmitas* viejas de aluminio y hasta cocinaba algunas cosas simples de esa manera. Los ganchos de su casa eran ganchos que se colgaban normalmente en el clóset; ahora tenía que hacer ganchos de plástico, modificarles la forma con el fuego de un encendedor y prenderlos a la pared con los restos de las cintas con pegamento, que cerraban las bolsas en las que empacaban algunos de los alimentos. Con un par de cables viejos obtenidos a lo largo de dos meses de revisar cada una de las bolsas de basura que dejaban cerca de su celda mientras hacían la limpieza, logró elaborar un *"mergulhão"* -dispositivo rústico para calentar agua-. Algunas veces, cuando introducía los cables en la conexión de la pared, la luz del techo disminuía y hasta en alguna ocasión los fusibles de la pequeña central de la Galería Especial se botaron por un corto circuito que ella provocó. Nadie supo, Simone dormía. Y así, se las iba ingeniando para conseguir la energía que empleaba para calentar agua, hacerse una pequeña sopa, o preparar un poco de café instantáneo. Si la luz se iba era un descanso para ella y Simone, pues las reglas decían que esa Galería Especial debía permanecer con las luces encendidas *las 24 horas del día, los 365 días del año.*

Después de considerar la ubicación de las cámaras de televisión, la altura de los muros del patio y el grosor de las paredes de su celda, llegó a la conclusión de que habría una sola forma razonable de intentar, ella sola, la fuga. Los domingos, entre cuatro y seis de la tarde, cuando servían la cena, quedaban únicamente un Delegado y un guardia al cargo de la Galería Especial; el guardia permanecía completamente fuera y alejado de las rejas, en un área donde tenían seis monitores de televisión con los cuales se efectuaba la supervisión de toda la Galería; el Delegado permanecía caminando por varios lugares, entrando a su pequeña oficina y yendo y viniendo del corredor para vigilar el comportamiento de los presos. Pero cada domingo era más evidente que la rutina confiaba de más a los dos elementos; la fama del presidio, en cuanto a que era imposible fugarse de él, hacía que los guardias fuesen descuidados en muchas ocasiones y aun, a veces, algunos domingos, el Delegado permanecía en su oficina viendo programas de televisión y comiendo helados o caminaba, pero por el área externa de la Galería, admirando los cielos de las tardes claras de Brasilia.

Luisa había analizado ya el tipo de cerradura de la última puerta del corredor que daba a un pequeño cuarto en un nivel tres escalones más abajo. En ese cuarto confluían tres puertas: una daba al área de los perros, otra era la reja de la continuación del corredor que llegaba hasta la sala de los televisores y la entrada de la Galería, y la tercera, que permanecía casi siempre cerrada, era una pequeña bodega que tenía otra puerta de acceso al fondo, por la que se podía entrar desde el estacionamiento. Por ahí metían el papel higiénico y los productos de limpieza para esa Galería de la prisión. Luisa sabía bien que si pudiere llegar a ese cuarto, salir después de él sería mucho más fácil y lograría llegar al estacionamiento que, por ser el de los vehículos de los guardias y de las provisiones, no tenía la misma cantidad de cámaras ni el mismo nivel de seguridad que aquellas áreas externas que quedaban exactamente colindantes con las celdas y las áreas restringidas.

Su plan personal de escape aprovecharía la confusión general de la fuga de los otros, y se reducía a resolver tres o cuatro problemas importantes, pero no insalvables: hacer que el guardia llegara hasta su celda, dejarlo inconsciente para quitarle las llaves que le permitieran a ella abrir las diversas rejas y puertas, hacer todo eso y su propia salida por el largo corredor, sin que las cámaras de televisión registraran los hechos o, por lo menos, sin que el guardia que permanecía en los monitores se diera cuenta, posteriormente llegar al cuarto de las provisiones y salir. Estaba segura de que, una vez fuera, por la emoción de haberlo conseguido y la falta de vigilancia de esas horas de los domingos, lograría llegar hasta la reja de alambre exterior y cruzarla con facilidad. Tal vez hasta podría, esa noche, estar abierta la puerta de salida de *ese* estacionamiento.

El problema principal seguía siendo cómo quitarle las llaves al guardia. Si alguien pudiere ayudarla... si Samuel estuviera todavía ahí, con ella...

La última semana de Noviembre mataron a Bento Silveira *"Bentão"*; era el *"sheriff"* de la Galería "B", el preso que tenía más autoridad entre todos los de la Galería. Después de catorce años de cárcel había logrado no solamente un sistema para controlar a todos los otros presos de la Galería, sino que su influencia se extendía a secciones enteras de otras galerías. Tenía también control sobre algunos de los guardias. A lo largo de esos años había intentado quince fugas, las cuales, aparte de los castigos físicos, no le habían ocasionado ningún perjuicio en su situación debido al sistema penal brasileño que considera que el preso tiene absoluto derecho a intentar fugarse.

En esta ocasión fue sorprendido junto con cuatro compañeros cuando a la una de la mañana se desplazaban sobre uno de los filos de la azotea de su Galería; Bento, violento siempre y amigo de matar a amigos y enemigos, ofreció resistencia, y con los cuchillos y los palos que llevaban hizo frente, junto con sus compañeros, a los guardias que aparecieron. El enfrentamiento fue brutal, dos de los presos murieron balaceados, otro fue *esfaqueado* con su propio cuchillo, y el cuarto murió al caer desde la azotea. A Bentão le salvaron la vida en ese momento, sólo para molerlo después a palos, literalmente, en una de las celdas de castigo.

A las 7 de la mañana, hora de pasar lista, ya habían sido retirados los cuerpos, habían lavado la sangre en todos los puntos y la prisión entera sabía del fallido intento.

Guilherme, Delegado en turno aquella noche en la Galería "B", el que apaleó con más rabia y entusiasmo a Bentão, fue ascendido a Teniente dos días después. Los directivos suspendieron las visitas íntimas y cambiaron el sistema de visitas en general, en vez de seguirlas llevando a cabo en el patio - donde cuatro o cinco familiares de cada uno de los presos en todas las Galerías podían permanecer los domingos hasta seis horas platicando y conviviendo con ellos-, terminaron la construcción de unas salas de visita dignas de las más modernas prisiones del "primer mundo" (en ellas, el preso ya no podía, ni siquiera, tocar a sus hijos ni a su señora, sólo verlos a través de un cristal y conversar con ellos por medio de un aparato telefónico, con el inconveniente de que era una más de las ideas de modernización mal trasplantadas al tercer mundo: aquí, no había aislamiento de ruidos, ni privacidad, ni los aparatos para intercomunicación servían bien!). Todo el episodio acabó por poner a los presos a la temperatura justa necesaria para llevar a cabo la revuelta y fuga de la noche de *Natal*.

Los presos de la sección de castigo, los sótanos húmedos, fríos y obscuros de la Galería "C", solían recordar algunas veces a Samuel, casi siempre por un proceso de asociación de ideas y comparaciones. De lamentarse de su propia terrible situación y de cómo la estaban pasando y sufriendo, pasaban a pensar que no había nada peor que eso, que estar así, ahí, pero casi inmediatamente pensaban que, a pesar de todo, tenían esperanza, pues aún estaban vivos y aún podrían hacer algo para mejorar su situación; entonces, sí había algo peor que eso, como sería, por ejemplo: estar muerto, como Bento, o como aquel mexicano de la Galería Especial, aquel pobretón "*coitadinho*" que no sólo había sido preso injustamente junto con la novia durante un viaje de turista, sino que había pasado muchos meses esperando que se resolviera su situación, maltratado por los guardias y enfermo por un tiempo. Se comentaba que lo habían asesinado, pero nadie sabía cómo ni por qué. En las ocasiones en que Samuel se sorprendía de aparecer de pronto en esa Galería de los castigados, permanecía un buen rato flotando en el aire, viendo a uno y a otro ("…yo que, de jovencito, tanto quería aprender a levitar y a hacerme invisible… y ahora, de muerto, estoy harto de no tener peso ni substancia!");,ya sintiendo pena por las condiciones de éste, ya por las de aquél, y luego pensando en su propia tragedia. A veces se sentaba muy junto a alguno y permanecía ahí quietecito, como para hacerle sentir su compañía o transmitirle un poco de calor. Una vez intentó hacer sentir su mano reconfortando la espalda de Pepe "El Boliviano", que había sido castigado con un mes de aislamiento por habérsele hallado un teléfono celular con el que hacía llamadas para seguir dirigiendo su cuadrilla de narcos en el sureste de Bolivia, pero Samuel no lo logró, no lograba transmitir sensaciones físicas por contacto.

Una noche, después de haber permanecido en la Galería de castigo unos treinta minutos, y ya de regreso a su Galería (por qué seguir "durmiendo" en su celda? no lo entendía, pero Samuel, cuando no hacía viajes o practicaba, prefería pasar las noches en su celda, en el piso, ahí, en su lugar de siempre bajo la litera de Werson y exactamente debajo de la cama de Marcos), Samuel dobló la esquina del corredor, subió la primera parte de la escalera –hasta donde ésta hacía ángulo en un descanso para seguir subiendo- y justo ahí, al dar vuelta y mirar hacia arriba para subir más, sintió que le arrancaban los pelos de la nuca y un calambre helado le entiesó la espalda, sintió pánico: a treinta centímetros de su cara estaba otra, más grande, con el cabello desgreñado, un ojo reventado y el otro casi cerrado por un párpado abultado de color violáceo, la nariz era como un poco de puré ensangrentado aplastado contra el rostro, de la boca abierta, distorsionada en una mueca como si gritase en silencio de dolor y espanto, colgaba una tira de piel con medio labio que ya no cubría la encía inferior, faltaban varios dientes y en su lugar había coágulos de sangre negra, la frente estaba agrietada en varias partes, de donde escurría sangre brillante, y más arriba, en uno de los clareones sin cabello arrancado por mechones a propósito, asomaba un pedazo de cráneo blancuzco con un orificio irregular como de un centímetro y medio de diámetro, de donde manaban grumos grisáceos de un líquido pastoso.

A Samuel le llevó diez segundos eternos calmarse un poco, recuperar la capacidad de pensar y decidirse a pasar a través de la terrífica imagen.

Durante el resto del camino de regreso a su celda, mientras recuperaba el ritmo normal de los movimientos acostumbrados durante toda su vida para respirar e iba dejando de sentir aquella opresión ahí donde quedaba su pecho, Samuel se convenció de que más le valdría hacerse a la idea de la presencia de *un fantasma más* en la cárcel de Brasilia: el de Bento Silveira, el *"Bentão"*.

La presión de Samuel aumentó. Ahora tendría que lidiar todos los días con la presencia inoportuna del fantasma de Bentão; él, que a lo largo de todas esas semanas de muerto había visto únicamente otra imagen digna de ser considerada como un fantasma –y la había visto sólo una vez–, ahora tendría que cuidarse, cambiar de rumbo y sacarle la vuelta a los ojos inyectados y a los pómulos morados y verdes de Bentão, que se le aparecían junto al cuerpo tumefacto y albondigoso, en cualquier rincón de la prisión. Si Samuel avanzaba volando por el corredor, ahí lo veía, dentro de una de las celdas, abrazado a los barrotes; si estaba en la oficina del director, veía a Bentão sentadito en un rincón, junto a la escupidera; si caminaba por el borde de la azotea viendo hacia los presos, allá lo encontraba, a lo lejos, entre un grupo de presos platicadores. Invariablemente, Samuel se retiraba o cambiaba de rumbo; como el día en que, volando por el largo corredor rumbo al patio para quedarse un rato junto a Luisa, vio las espaldas de Bentão en el cuarto de la confluencia de las tres puertas, el de los tres escalones, y entonces, frenó el vuelo como si derrapara en pista de hielo, se impulsó, cruzó el techo y continuó su camino por la azotea de la Galería hasta llegar al enrejado sobre el patio, traspasó el hierro hacia abajo, y cayó suavemente, como con paracaídas, y suspirando, directamente al lado de la pensativa Luisa. Bentão estaba en todos lados.

Samuel no entendía por qué, si aparecía sin desearlo en un ambiente y de repente en otro, y hasta le ocurría con frecuencia una de las experiencias más fascinantes de su vida de fantasma (aquélla en que a mitad de una acción o un movimiento el escenario cambiaba por completo y él terminaba la acción –el movimiento de un brazo, por ejemplo– en otro ambiente completamente distinto, entre otros objetos, junto a otras personas), cómo era posible que le resultase tan difícil hacerlo utilizando sólo el esfuerzo consciente de su propia voluntad? Hasta analizaba emociones, situaciones, circunstancias, en esos momentos en que, caminando por el patio, daba el siguiente paso y al asentar el pie ya estaba en el corredor de la Galería "A", o en una calle de Taguatinga, en la ciudad de Guadalajara, en México o en la Quinta Avenida, pero sin romperse la continuidad de sus pensamientos, actitudes o posiciones del cuerpo.

"O me desplazo porque en ese momento inconscientemente lo deseo y lo consigo, o porque alguien me llama" –fue lo que llegó a pensar–. Pero no conseguía aplicarlo de manera efectiva a sus viajes instantáneos a distancia. "Quizá de manera inconsciente no puedo definir el destino de llegada, o es porque en esos lugares y en esos momentos no tengo a nadie que me *'llame'* ".

Lo consiguió parcialmente el día diez de Diciembre. Antes que Orión, intentaría Saturno, lejos, pero no tanto y fácilmente ubicable y reconocible. Permaneció un buen rato viendo a Luisa sobre una nube, le transmitió la intención, la tomó del talle, cerró los ojos, se concentró (Luisa también lo hizo, pero no entendía exactamente cómo ni a dónde se dirigían), y consiguió la explosión de su energía. Al instante siguiente apareció flotando en medio del espacio, en una área poco poblada de estrellas, a lo lejos veía un par de galaxias y más cerca, lo que parecía un sistema planetario, pero no pudo distinguir ni reconocer nada, no satélites, no anillos, y lo peor de todo: Luisa no estaba con él. La alegría de la transportación instantánea y la curiosidad no fueron suficientes, desesperado avanzó un poco en diferentes direcciones y al no encontrar a la mujer, se esforzó y regresó al punto de partida. Saliendo de la parte superior de la nube reencontró el cordón de Luisa pero no su alma, el cordón se extendía todavía más hacia arriba y en diagonal. Siguió la trayectoria y se calmó cuando fue a encontrar a Luisa volando confundida, fuera de la atmósfera, en algún punto sobre el Océano Pacífico desde donde se veían Australia, Nueva Zelandia y una parte del Atlántico. Luisa veía hacia todos lados, descontrolada. Samuel llegó por atrás, se detuvo a unos centímetros y le dijo "hola", sonriendo. Luisa se volvió, espantada, vio la sonrisa franca, abierta, sencilla, y lo abrazó con más fuerza que nunca.

El Lucky Boy pasaba unos días drogándose, otros tejiendo, y otros drogado tejiendo. Tejer era su pasión (después de los hombres, por supuesto); tejía con agujas, con ganchos y con todo lo que se encontrase a la mano. Cierta vez que por razones de seguridad le quitaron las agujas, desprendió un pedazo de alambre que encontró en uno de los rincones de la pared descascarada y que había servido originalmente para unir un grupo de varillas, arrancó el pedazo de alambre, lo dividió en dos y se puso a tejer. Aunque no llegaba a los extremos de deshacer lo ya tejido para ocupar el tiempo, tejía solamente por tejer; hacía las piezas más raras y estrambóticas del mundo, retazos de diferentes tamaños que al final no servían más que para limpiar el piso. A veces comenzaba diciendo que haría un vestido tejido, pero suspendía para empezar un suéter o cualquier otra cosa que se le ocurriera. El dinero que obtenía de lavar ropa, de hacer algunos servicios y de prostituirse, lo ocupaba en tres cosas: *maconha*, baterías para la grabadora y estambre. Escuchaba música todo el tiempo, mientras dormía, mientras se drogaba y mientras tejía. Nunca fue demasiado brillante ni llamó la atención, pero a partir de la muerte de Samuel se convirtió en alguien más sombrío y taciturno; pocas veces salía al patio y prefería quedarse en la celda, en el rincón de siempre, haciéndole compañía a Marcos, que entre la herida, los dolores de siempre y un desinterés absoluto por las cosas, era otro de los permanentes en la celda de Samuel. "Si no supiera que el fantasma soy yo, pensaría que son *ellos*" –pensaba Samuel cuando los veía horas y horas en la misma posición y ausentes del mundo que los rodeaba–.

Luisa en su celda, además de compartir el espacio y el tiempo con el fantasma de Samuel, tenía su propia y particular fantasma presente todo el tiempo a menos de tres metros de distancia. Simone pasaba las horas viendo una y otra vez las fotografías de las revistas que nunca leía; en ocasiones, encendía el cigarro de *maconha*, le daba unas chupadas y lo ahorraba para más adelante; en otras, se recostaba en la cama de abajo de la litera con los ojos abiertos viendo fijamente su techo particular: la cama de Luisa. Hablaba poco y a partir de la muerte de Samuel (salvo una vez en la que intentó animar a Luisa con una plática insubstancial) prefería quedarse en silencio observando a la compañera de celda morderse las uñas, llorar, revolcarse en la cama y pasar horas enteras viendo las fotografías y las envolturas de los chocolates. En alguna ocasión le preguntó si podría leer la carta que tantas veces desdoblaba Luisa y leía por arriba y por abajo. Luisa le contestó simplemente: "no".

De vez en cuando, la brasileña descosía las prendas de ropa que estaban demasiado deterioradas y rotas en algunas partes y rearmaba con la retacería otras prendas que después usaba hasta con despliegue de vanidad en los días de sol en el patio. Ella y la mexicana eran las dos únicas mujeres en todo el presidio, disfrutaban de seguridad en la Galería Especial, de una mayor tranquilidad y de más espacio en la celda, pero la monotonía de los días les resultaba insoportable. El día en que Simone empleó al máximo los pocos recursos materiales y recicló los jeans de la mexicana y un par de blusas suyas, Luisa armó un álbum de fotografías y recuerdos personales, con algunas hojas de periódicos que recortó en forma caprichosa. Ahí estaban acomodadas con la mayor creatividad las pocas fotografías de los cumpleaños, tres de las caminatas y días de campo en la *Floresta da Tijuca*, una nada más – una- del día fabuloso paseando y tomando agua de coco en Angra dos Reis, y en casi todas, la semisonrisa inquieta e inquietante de Samuel. Viendo aquellos días de fiesta y de celebración de la vida, Luisa recordó una plática que tuvo con Samuel al tercer mes de haber sido presos, y que la dejó sumamente impresionada. Samuel había salido a tomar el sol por la tarde junto al grupo de compañeros de su celda y ya Luisa había alcanzado a escuchar que estaba cantando en portugués algunas canciones del nordeste brasileño. Sabía que a Samuel le gustaba mucho la música brasileña pero no sabía que conociera ese tipo de canciones. Después lo había visto pasar rumbo a su celda y quiso preguntarle de qué se trataba tanta algarabía en el patio, pero con la presión de la presencia constante del guardia, decidió dejarlo para después.

Al día siguiente, después del desayuno y conversando con dificultad –por lo poco que se alcanzaban a escuchar- de una celda a otra, Samuel le platicó no solamente lo que ocurriera la tarde anterior en el patio, sino un par de cosas que había vivido después, en la noche, en su celda. Samuel estaba emocionado, "Sabes? –le dijo- estar en la cárcel, independientemente de lo terrible que es, le enseña a uno muchas cosas; mira, ayer por ejemplo, para mí ayer, Luisa, a pesar de no poder estar junto a ti, fue lo más parecido a un día de fiesta que haya tenido yo en estos meses; en el patio, un tipo de *Río Grande do Norte* se puso a improvisar unas coplas en el estilo que emplean allí, y, como a mí me gusta cantar, me puse también a improvisar un poco, vacilando con él y con los demás, apostando que yo también podía hacer versos con melodía y en portugués. Uno que otro no me salió tan mal y nos reímos todos y estábamos muy animados; después, al llegar a la celda, Klauss tenía en su radio la estación que le gusta escuchar y ya te imaginarás cómo me puse cuando de repente pasaron

"Alone Again" de Gilbert O' Sullivan, y luego "Don't Dream it's Over" de Crowded House, te acuerdas, verdad?; ahí me tenías como loco con el segundo motivo para estar feliz, oyendo canciones que tú sabes que me encantan y no escuchaba hace tiempo, y después, más tarde, a la hora de la cena, Nicola sacó un poco de atún que le había quedado del mediodía y me lo ofreció en un pedazo de pan, yo le puse encima un poco de *pimenta malagueta* y el resultado, de primera; estaba yo feliz, seguía oyendo la estación de Klauss con otras piezas que luego pusieron de la época en que vivimos tú y yo en la azotea, y al oírlas ahora bailaba, abrazaba al italiano y le decía yo *'muito obrigado, muito obrigado!'*, a punto de llorar! Te das cuenta?, unos momentos de convivencia en el patio con tipos prácticamente desconocidos, unas canciones que no escuchaba en mucho tiempo y un poco de atún con pan, y estaba yo mucho más contento que muchas veces cuando era libre; en la cárcel se aprenden muchas cosas… no crees?" Frente a las fotografías, llena de nostalgia, Luisa recordó vagamente la respuesta que con el sentido práctico de su femineidad le dio a Samuel aquel día: "Yo hubiese preferido seguir siendo una completa ignorante".

CAPÍTULO XI

Sentado junto a Luisa en su litera y con su pierna derecha como si estuviera él también deteniendo parte de los periódicos que formaban el álbum de fotografías, Samuel comprendió perfectamente bien la intención de la mirada de la mujer cuando se iba deteniendo en las imágenes del álbum. Pudo percibir la alegría que sintió Luisa al recordar los momentos felices, percibió también los cambios que mostraban que estaba recordando aquella plática del "día de fiesta" en la prisión. Sintió como si estuviera viviendo de nuevo aquel momento en el que le comentó a Luisa que las personas eran demasiado exigentes cuando estaban en libertad y que era necesario estar un tiempo preso para requerir muy poca cosa para pasarla como en "un día de fiesta". Y se dio cuenta también del cambio en la expresión de la mirada cuando, en una de las fotografías, Luisa se detuvo durante varios momentos; Samuel comprendió que la alegría de los recuerdos anteriores había dado paso al sentimiento de aquella otra época, la época difícil de sus vidas en la que él, allá en México, había abusado de la bebida, se dedicaba a llegar tarde y la joven lo esperaba en casa, dócil, tranquila y paciente, cualidades que no le servían de mucho pues en lugar de apreciar esa actitud, Samuel llegaba y parecía como si la nobleza de Luisa lo incitara a intentar ofensas mayores y golpes diferentes para tratar de encontrar su límite de aguante. Luisa permaneció con la expresión cambiada y a pesar de que la vista apuntaba hacia el álbum, lo traspasaba deteniéndose realmente en aquellas trasnochadas de golpes y platos y tazas aventados contra el armario, contra ella misma inclusive (lo que Luisa sólo pensaba que ocurría en las películas italianas). Samuel estaba seguro de lo que pensaba Luisa en ese momento, pues él estaba también reviviendo aquellos episodios. Apenado, permaneció viendo a Luisa y ensayó incluso la caricia en uno de los puntos de la cara donde él recordaba haberla golpeado un día. Entendió que aquella mujer debía haberlo querido mucho para haber esperado con paciencia, y aguantado tantas cosas, y para no haber cambiado nunca su natural buena disposición y su pasión para amarlo. Se sintió terriblemente mal de darse cuenta una vez más que esa caricia ya no podía confortar a Luisa, ni curar ningún dolor. Además de extemporánea era inútil, y para todos los efectos prácticos, inexistente. Ahora quería ofrecerle sensaciones que debió haber tenido el cuidado de ofrecerle cuando estaba vivo! "Si toda la gente viviera un poco más consciente del momento de su muerte y de las consecuencias… actuaría de un modo mucho muy diferente…" –pensó, y permaneció ahí junto a Luisa, abrazándola del hombro y él también mirándola a través del álbum ya sin ver ninguna de las fotografías.

Varias veces apareció en la oficina de Rómulo, Director del presidio, y la mayoría fue en momentos en que estaban hablando de él. "Como si me llamaran con el pensamiento" –pensó Samuel. En esas ocasiones pudo descubrir que el Director hablaba con algunos de sus subordinados y también con un par de cónsules de la Embajada Mexicana. El aura del Director tomaba por momentos la coloración amarilla que a base de práctica y análisis, Samuel había llegado a asociar con momentos de angustia en las personas. Llegó a imaginarse que algo turbio había existido en su muerte, pues, específicamente, cuando uno de los cónsules de la Embajada manifestó un día que presentaría una denuncia solicitando que se abriera un *inquérito* oficial para investigar a fondo las causas de la muerte del mexicano Samuel Tubilla, el aura de Rómulo no solamente se desvaneció en los extremos sino que adquirió mayor fuerza en la parte que permanecía más pegada cuerpo, llegando inclusive a presentar un pequeño filo café obscuro en su "contacto" con la piel. Samuel mismo pensó en ese momento volver a la oficina por la noche para revisar algunos documentos y descubrir a fondo qué había ocurrido realmente con relación a su muerte.

La idea de que él aparecía en los lugares porque las personas lo llamaban con el pensamiento, le dio la idea que podría quizá explicar no solamente algunas de las sensaciones que él experimentaba en su nueva vida de fantasma y algunas de las reacciones que veía en las personas, sino también la aparición del fantasma de Bentão en varios puntos de la prisión, y quizá también la magnífica visión de aquel rostro gigantesco de

Jesucristo.

La noche del segundo sábado de diciembre se armó de valor y decidió dirigirse en su vuelo rumbo a la ciudad de Natal para llegar a aquella zona sobre el Estado de Paraiba donde había tenido la visión. Emocionado y nervioso fue acercándose a la zona, que empezó a reconocer por las características de los despoblados, las montañas y la vegetación de matas blancas -la *Caatinga*- que se le habían grabado en la memoria. Permaneció flotando sobre el *sertão nordestino con* una excitación especial que le inundaba el cuerpo mientras volteaba para todos lados tratando de ubicar los puntos que formaban *aquel* rostro. Nada. Tomó la decisión de avanzar más hacia la ciudad de Natal, pasó por encima de ella, pero algo lo llevó a no detenerse a pesar de las ganas que tenía de conocerla. Siguió en vuelo libre más allá, directamente sobre el Océano Atlántico. A trescientos kilómetros de las costas de Brasil, en medio de la obscuridad de la noche sin luna sobre el océano, se detuvo entre unos puntitos luminosos de un par de embarcaciones, abajo a lo lejos, y las miles de estrellas arriba, en el firmamento, que se veían por partes a través de los claros del manto de nubes; flotó en el aire un rato tratando de decidir qué hacer y, de pronto, muy distante, hacia el este, destacándose ligeramente sobre el horizonte, lo vio, más pequeño que en la otra ocasión y en parte cubierto por la curvatura de la tierra, pero era *el mismo rostro*, porque lo reconoció en una parte de las luces que formaban el cabello, la frente y los ojos. La emoción lo desbordó; con una mezcla de admiración, placer y miedo echó a volar en la dirección en que la figura estaba. Algunos de los puntos luminosos que le daban forma se destacaban, se prolongaban desde el lugar donde la imagen del rostro se encontraba, hasta ciertas distancias relativamente cercanas al punto desde donde Samuel la observaba, era como si en la tercera dimensión de la imagen, algunos puntos llegasen un poco más allá de los límites de la figura. Mientras volaba hacia el rostro de Jesús se le ocurrieron muchas cosas: ese rostro tenía cuerpo? podría hablar con él? podría pedirle alguna cosa? Siguió volando y no pudo dejar de pensar en la prisión, en Paulão leyendo la Biblia momentos antes de agredir verbalmente a Lucky Boy, en Nicola hilando oración tras oración mientras pasaba los dedos por las cuentas del rosario papal que la hermana le enviase desde Roma, en el *terço* color verde olivo de la misma Simone, quien acostumbraba decir treinta y dos Aves Marías y noventa y cinco Padres Nuestros antes de dormir pues, además, era apasionada por la numerología y la suma de los dígitos daba "10", ni en los de la Galería "A", que caminaban por los pasillos con la Biblia bajo el brazo, todos ellos hablando con convicción del arrepentimiento, la corrección y la *Fé* en su liberación, *Aleluya*! Mientras se acercaba a la luminosa mística figura religiosa de Jesucristo, Samuel se preguntó cuántos de ellos se acordarían de tomar esas mismas Biblias, esos mismos rosarios y rezar, una vez que estuvieran libres después del día de la fuga o cuando hubiesen cumplido su condena. Pensó inclusive en Milton, el guardia cruel y sarcástico que, independientemente de los malos tratos a los presos, también cargaba su Biblia algunos días y hasta se permitía revelarse como un lector asiduo y fiel Adventista y comentaba algunos pasajes para aquéllos de los presos que creían que demostrar fe, paciencia y buena disposición para escucharlo, les serviría para obtener permisos, tratos especiales y remisión.

Cuando su avance le permitió ver completa la boca del Mesías, algo lo distrajo allá a lo lejos, más hacia el norte... era otra figura gigantesca de un tamaño similar a la que esa noche tenía la figura del rostro de Jesús – mucho menor que *aquella vez*–, también estaba formada ésta por puntos luminosos, de una manera idéntica a la otra, sólo la forma era distinta. Cuando estaba tratando de asociar las uniones entre los puntos luminosos para descubrir qué figura formaban, otra similar le llamó la atención, pero más hacia el noreste, y otra más a una distancia mayor hacia el norte, y otra más hacia el sur, y otra, y otra... todas con tamaños similares y en disposiciones parecidas, pero todas diferentes. Algunas eran cuerpos completos, otras, rostros de cuerpos que prolongaban la figura a distancias mayores, puntos muy lejanos, y quedó terriblemente sorprendido cuando, una vez que disminuyó la velocidad de su vuelo para tratar de distinguir mejor las formas, fue viendo en diferentes lugares y colocaciones, los rostros que él recordaba haber visto en libros, litografías, cuadros y fotografías, como pertenecientes a hombres y mujeres famosos. Ahí estaban: Mahoma, Lutero, Juana de Arco, Einstein, Bach, Beethoven, Santa Teresa, Velázquez, Pasteur, Galileo, Gandhi, Sócrates, Miguel Ángel, Newton...y muchos más.

Dos horas después, sentado en la cama junto a Luisa viéndola dormir, seguía sintiendo la vergüenza de no haber podido conservar la compostura y haber dado media vuelta en medio del océano para regresar rápidamente a lugar seguro. Aún temblaba; la experiencia, simplemente, había sido demasiado intensa para él. Se frotaba los pies y las piernas como si hubiese hecho el trayecto a toda carrera, se tronaba los dedos y su emoción aumentaba por momentos cuando iba armando racionalmente las piezas del rompecabezas, "eso es –reflexionó–, entonces *eso es*, así como a mí algunas personas me llaman con el pensamiento y aparezco, esos seres, ese grupo magnífico de seres, cada uno de ellos, es llamado también, traído de algún lugar, llamado por tantas personas, que la dimensión que adquiere y la energía que se concentra es infinitamente mayor que la mía. Ahí estaban, ahí estaban todos y si hubiera yo avanzado más en todas direcciones, habría encontrado más". Pensó que dentro de esa teoría encajaban perfectamente las apariciones de Bentão; también Bentão, a pesar de su maldad y de su poca importancia para la historia de la humanidad, había actuado en el mundo y era recordado después de muerto y, al ser recordado, de alguna forma era *llamado*. "Por eso –se dijo mientras apoyaba una mano en la mano de Luisa–, por eso, por eso precisamente hay seres que a pesar de muertos llevan una existencia intranquila, inquieta; es por la imposibilidad de estar tranquilos pues son llamados por aquéllos que precisamente los recuerdan por haber sido dañados por ellos, o por la muerte tan terrible que un cierto "castigo" les impuso; o porque se recuerdan aún todas las maldades que hicieron cuando vivían, y aquellos que quedan en la tierra los mantienen ocupados llamándolos con el pensamiento, sin dejarlos descansar y sin descansar ellos mismos".

En el caso de Bentão, ésa debía ser la causa; en el caso de aquellos seres que habían ayudado a la humanidad, quizá el llamado de las personas no hiciera que vivieran inquietos, porque seguramente al pensar en ellos, imaginarlos o llamarlos con el pensamiento, en la mayoría de los cientos, miles, millones de personas a través de las épocas había el agradecimiento y el reconocimiento por las maravillas que lograron sus descubrimientos y actos heroicos que exaltan al ser humano ante los ojos de los dioses. Esos otros, aunque ocupados y desplazando la energía después de muertos, podían llevar una existencia tranquila, en paz, satisfecha y continuar evolucionando y haciendo algo positivo por la humanidad.

Pero también, ya en su celda, en donde aparecía cada vez con menor frecuencia, cayó en la cuenta de que, por lo mismo, porque aunque seguía apareciendo en otros lugares, había unos –y entre ciertos grupos de personas- en los que ya casi nunca aparecía o lo hacía cada vez más lejos, como en su celda, muy de noche o muy de mañana, cuando los presos, ya sólo a veces, recordaban y comentaban las circunstancias y el día de la muerte de Samuel. En ese momento, con un apretón como una contracción en el estómago y un sudor frío en la frente, pensó en el olvido y el remordimiento.

Los fantasmas van cayendo cada vez más en el olvido, van perdiendo su fuerza, su energía, van difuminándose, desapareciendo, perdiéndose, quedando olvidados allá, en los rincones polvorientos de su propio universo. Muriendo a su modo.

Tercera Parte

CAPÍTULO XII

El inspector Denilson Guimarães se dio una vuelta más en su cama sin poder dormir. Llevaba cinco semanas investigando las causas de la muerte de Samuel. Aunque aparentemente todo estaba en orden, hubo algo que lo dejó preocupado. En una de sus visitas a la oficina de Rómulo, Director del presidio, el Sargento Milton fue llamado para responder a varias preguntas, Sin querer, casi como un acto reflejo a un comentario del Director, Milton había dicho:

-"Pero también ese *'gringo'* y sus..."– refiriéndose al mexicano Samuel; así, sólo así, incluso se había interrumpido de golpe, reaccionando a su propia imprudencia.

El inspector Denilson le preguntó: "Ese *'gringo'* y *sus*... qué?"- haciendo hincapié en las palabras "gringo" y "sus"-.

-"Sus... necesidades– contestó Milton –eso quería decir, sus necesidades, necesitaba cosas de más, nosotros siempre hicimos lo que pudimos por él, hasta le comprábamos sus medicinas y se las dábamos a sus horas, todo dentro de los procedimientos de rutina y...-

129

Milton continuó explicando, pero el inspector ya no lo escuchaba, tanto él como Rómulo seguían sus propias líneas de raciocinio con sus propios miedos y conclusiones. El inspector Denilson se levantó y comenzó a juntar sus papeles y a guardarlos en el portafolio; pensó que, más que las palabras, había sido el tono en la voz del Sargento Milton y su silencio repentino lo que resultaba curioso, digno de atender. Ese "*gringo*", tan despectivo, y el silencio después de "*sus*", que obviamente no iba a ser llenado por Milton con la palabra "necesidades", como pretendió hacer creer. Luego, mientras se despedía, sintió el sudor en la mano de Milton y lo asoció a la palabrería que había estado usando para justificar sus acciones unos minutos antes. Palabras de más.

El golpe de gracia para que el inspector Denilson siguiera otro curso en su investigación, ahora específicamente sobre el Sargento Milton y los "procedimientos de rutina" en la Galería Especial, fue la imagen que se le quedó grabada aquel día, aún durante mucho tiempo después de salir de la cárcel. Había llegado al elevador del piso de la Dirección y volteó hacia la oficina de Rómulo. Por entre la serie de cristales divisorios de oficinas de la sección administrativa alcanzó a ver al Director vociferando, golpeando el escritorio y regañando a un Sargento Milton que veía hacia el piso. El inspector Denilson no supo en ese instante si el Director Rómulo estaba en la jugada, si era parte del problema o estaba sólo tratando de resolverlo, de investigarlo, de llegar al fondo –como él mismo–, pero le quedó claro que pasaba algo importante con respecto al Sargento Milton, ni dudarlo.

Ahora, de madrugada en su cama, el inspector trataba de encajar aquello con datos e informaciones recolectados en los últimos días. Revisaba en su mente papeles, expedientes médicos, recetas, lugares, actitudes.

En su celda, esa noche Luisa tampoco dormía tranquila. La atormentaba el pensamiento, que muchas veces se le aparecía, de que habría debido decirle, una vez más, "buenas noches" –aquella noche- a Samuel, o haberlo llamado muy temprano en la mañana o hasta tal vez –se molestara quien se molestase- gritarle a las dos de la mañana, de celda a celda, para recordarle tomar sus pastillas. Aunque a aquellas alturas ya no estuviese tan enfermo, Luisa, sentía que debía haberlo cuidado más, estar más atenta. La carta de Samuel del día anterior a su muerte, el amor prometido, reiterado, el hecho de que en los últimos cuatro años, desde su primer viaje a Río, la relación entre los dos hubiera sido estable, maravillosa - una auténtica luna de miel continuada que hasta consiguió casi borrar de la memoria los años difíciles de golpes y borracheras-, la intención de mejorar aun más el futuro…, todo eso, hacía que la separación y la muerte hubiesen sido más dolorosas en aquel momento. Luisa no se conformaba ni con su nueva vida, ni con su actitud –que ahora le parecía haber sido descuidada e irresponsable- con respecto a la salud de Samuel. "Pero si ya estaba bien, prácticamente curado –trataba de convencerse–, si ya había salido de peligro… sólo que… -Luisa pensó de pronto en la posibilidad de que Samuel hubiese dejado de tomar las medicinas en cuanto sintió que el peligro real había pasado, no era muy afecto a los remedios ni muy disciplinado –, o tal vez… la policía no se los proporcionó y él no dijo nada"–, Luisa se angustiaba; de cualquier forma, en cualquier caso, *ella* debía haber permanecido más al tanto, hasta que Samuel estuviese completamente curado.

Samuel apareció volando en el largo pasillo que llevaba de la Galería Especial al área central y de ahí a la sección administrativa. Subió hasta la Dirección. Nadie trabajaba a esas horas de la madrugada. Casi todas las luces, apagadas. Un neón solitario parpadeaba en el área del café y los archivos. Se acercó y buscó por orden alfabético metiéndose en los muebles de lámina. "M", "N", "O", "P"... llegó hasta su expediente médico. Ahí estaban los análisis, las órdenes de estudios, idas al hospital, traslados, recetas, más recetas, aquellas pastillas de venta controlada, carísimas... sí, todo estaba ahí, hasta las notas de compra de las medicinas en el Centro Médico Federal...; aparentemente, en teoría, todo estaba en orden. Y él recordaba que las medicinas le eran proporcionadas a sus horas, con precisión y constancia. Y él sí las había tomado, pues aunque estuviese prácticamente curado, estaba consciente de que eran necesarias, así que... bien pudo haber sido la suya una muerte natural debida a alguna complicación "normal" o "razonable" de la enfermedad o a alguna otra cosa relacionada con secuelas de la misma, pero no necesariamente algo indebido, irregular o criminal, por demasiado súbita o ilógica que pareciera. Entonces, por qué tanta gente sentía que había algo "sucio" en el asunto? (Los de la Embajada mexicana, el inspector Denilson, Paulão, Luisa, *él* mismo...).

Para la fuga, faltaba sólo saber si no habría cambios en el personal de guardias del día veinticuatro de Diciembre, si estarían los previstos en los lugares previstos. La confianza era general, algunos presos llegaron a avisar a sus esposas en la última llamada que hicieron por los celulares de contrabando a sus casas, que llegarían a tiempo para estar con la familia poco después de la medianoche. Aunque el tono era de broma, vacilador, los presos sabían que era casi seguro que lo conseguirían. En el fondo, hablaban muy en serio. El filo de las *facas* y espadas era probado y aumentado obsesivamente cada dos o tres días con *melancias*, *melões* y otras frutas grandes que llegaban del huerto, practicaban en ellas cortes, golpes e incisiones.

Un día en que el guardia de la Galería "B", Guilherme, los despertó gritando con peores modos que de costumbre, Zico Monardo, líder del *Comando Branco*, dio media vuelta luego que el guardia había reiniciado su camino hacia la celda siguiente, y agachándose con agilidad para extraer una espada de abajo de la litera, la sacó y en menos de un segundo dio un paso hacia la mesa de cemento donde descansaba una de las *melancias*: con un movimiento del rápido y preciso brazo la partió en dos. El preso Raymundo Nonato, que estaba sentado en el piso, sintió cómo zumbó el aire que la espada cortó por encima de su cabeza. Se quedó quietecito, blanco de miedo, imaginando lo que habría ocurrido si hubiese decidido levantarse o enderezarse un poco más en ese preciso momento. Pero se trataba de Zico, mejor guardar silencio, y, quietecito, siguió con los ojos el avance del líder hacia la sandía que permaneció todo el tiempo ahí sobre la mesa, sin moverse por efecto del golpe. Raymundo Nonato llegó a creer que Zico había errado el golpe, hasta que vio cómo el hombre levantó la mitad superior de la *melancia* con una de sus manos –la había cortado a la mitad exactamente y con tanta fuerza, seguridad y filo en la espada, que si no la levantaba para separarla habría seguido pareciendo que estaba intacta! –. Zico, todavía agarrando la mitad de la enorme fruta y después de observarla un momento, volteó a ver a Raymundo Nonato y le dijo con su sonrisa sin dientes: "Si no estuvieran ahí las rejas, se lo hacía a ese hijo de puta"– los ojos le bailaban en dirección hacia donde el guardia Guilherme había caminado.

Ya en el patio, Zico Monardo –deteniendo algo entre los dedos índice y pulgar de la mano izquierda y viéndolo con atención– caminó hacia donde platicaban Indio y el negro Lyndonjohnson del *Comando Vermelho*. Se sentó junto a ellos en el piso, los tres torsos desnudos brillando con el sudor bajo el sol. Extendió la mano para mostrarles la semilla negra de *melancia* cortada perfectamente por el centro, enseñó la encía sin dientes cuando les dijo, excitado: "Ni se mueven con el golpe… tienen tanto filo las armas que hasta las semillas acaban cortadas por la mitad!" Indio no sonrió, Lyndonjohnson sí. Casi al mismo tiempo sacaron algo de sus pantalones. Lyndonjohnson mostró una semilla grande de mango con dos orificios curiosamente diseñados pero en círculos perfectos: "Mi *faca* está tan a punto que me hice un nuevo cachimbo para *maconha* con este *caroço* de *manga*". Zico sonrió y dejó ver más encía, alargó el brazo para agarrar el cachimbo y apreciarlo mejor. En medio de los dos, Indio encendía ya su propio cachimbo de *maconha* y daba las primeras chupadas: "Para cachimbo nuevo, el mío –dijo y lo mostró en uno de sus rarísimos alardes-, hecho de hueso de rabo de buey –lo giró entre los dedos, muy serio, observándolo mientras lo presumía-, y para *faca* afilada... la mía, que corta estos huesos como si fueran mantequilla". Mientras Zico Monardo admiraba el cachimbo hecho por Indio, Lyndonjohnson recuperó el suyo y lo empezó a llenar. "Con una *faca* así hasta el mexicano se habría rasurado mejor su bigotón!" –comentó-. Samuel llegó al patio desde arriba, por la esquina del torreón sur-oeste. Vio a los tres sonriendo, Indio tenía en la mano algo como un hueso. Las auras de los tres se confundían en una sola, de color amarillo pálido con nubecitas rosas en algunas partes, aquí y allá.

Samuel se aproximó, bajó flotando lentamente hacia ellos y se entretuvo viendo las auras de los otros: pequeña y pegada al cuerpo, negra, especialmente en la cabeza, la de Klaus el alemán; más ancha y tenue la de Valdir, y verde, muy verde; verde casi marrón y finísima, como un recubrimiento de madera alrededor de su cuerpo, la del guardia con rifle que vigilaba desde el torreón; anaranjadas y muy anchas, sin forma precisa, muy parecidas y confundiéndose también, las de Moacyr y Wanderley, allá por donde estaba la cantina.

Samuel mudó de idea. Comenzó a subir rápidamente, cruzó las nubes, la estratósfera y se dirigió al punto del espacio desde donde acostumbraba practicar sus vuelos de transportación instantánea a distancia. Aun tenía mucho que practicar si quería ir con Luisa hasta la constelación de Orión. Como a la mitad del camino entre la tierra y la luna se detuvo, se concentró, se preparó, visualizó Saturno, recordó sus sensaciones de la otra noche y... allá fue. Apareció de pronto en un lugar oscuro, muy oscuro del espacio, sin cuerpos celestes próximos, sólo pequeñas estrellas a lo lejos. Reparó de pronto en una de ellas, era doble y por la disposición... x3156–2P tal vez? Movió la cabeza, decepcionado. De Saturno nada, ni los anillos!

Por lo menos supo cómo hacer para volver al lugar de salida; se sintió feliz de ver la bola plateada con los cráteres y, por el otro lado, la tierra muy azul.
Siguió practicando hasta que percibió que la zona de Brasil había ya salido del área iluminada por el sol. Si era ya de noche podría encontrarse con el espíritu de Luisa cuando, dormida y soñando, realizase tal vez ella otro viaje astral.
Samuel dio la vuelta al mundo y se dirigió al continente americano, hacia el sur. Permaneció flotando muy alto, cerca de la atmósfera, directamente sobre el Estado de *Minas Gerais*. Como siempre, el tiempo en su "estado" de fantasma transcurría de forma diferente al de los humanos vivos, y de maneras diferentes también de acuerdo a los lugares donde se encontrara o a lo que estuviera haciendo. No supo cuánto tiempo esperó. No supo si se quedó dormido o sólo parpadeó. Sólo tomó conciencia de que, de pronto, se sobresaltó y comenzó a ver muchos, muchísimos hilos blancos plateados, suaves, ondulantes, como flotando en el espacio a diversas distancias. Todos los que iban hacia "abajo", se prolongaban hasta la Tierra; otros, le daban la vuelta; otros, se dirigían al espacio más lejano. Todos en su extremo tenían un bulto, una protuberancia, (eran como

listones blancos de satín –la mayoría anclados en la Tierra– con globos de diversas formas en sus extremos, excepto aquéllos que se prolongaban tan lejos hacia las estrellas distantes que no se alcanzaba a ver el abultamiento al final de ellos). Y, de pronto, ahí estaba, como salida de la nada, de golpe apareció Luisa, a lo lejos, contra la refracción malva del filón límite de la tierra donde el sol aún estaba poniéndose.

Era una imagen más asombrosa que otras veces, mágica.

Avanzó emocionado hacia ella que, reconociéndolo, corrió a abrazarlo. Permanecieron tomados de la mano largo rato y así comenzaron a volar despacio, como sin rumbo, pero en realidad acercándose poco a poco al punto desde donde Samuel iniciaba sus vuelos de práctica. Samuel siempre se maravillaba de cómo la conexión de las almas con el cuerpo físico en lo seres vivos, el llamado "cordón de plata", aunque era de un grosor distinto en cada caso, para cada persona, permanecía siempre del mismo grosor en todo momento en esos casos, no importando si el alma estaba muy cerca del cuerpo o se alejaba miles o cientos de miles de kilómetros de él. Así, ahora que avanzaban, Samuel miró hacia atrás y comprobó que el cordón de Luisa venía desde la Tierra y seguía prolongándose con Luisa hacia donde se dirigían, estirándose cada vez más pero sin perder su grosor original. "Cosas de espíritus" –pensó—.

Llegaron al lugar, entre la Tierra y la Luna –Samuel lo calculaba a "ojo de buen cubero", como decían en su país; simplemente avanzaba hasta que la Tierra, comparada con la palma de su mano derecha extendida, quedaba del tamaño de una parte de ella-; conversaron unos minutos y Samuel le transmitió a Luisa sus experiencias y lo aprendido respecto a sus viajes a distancia; le dijo qué hacer, cómo colocarse, cómo concentrarse, en fin, todo un "curso resumido para principiantes". Le explicó que ya desde semanas atrás tenía la intención de llevarla hasta el cinturón de Orión, a una estrella de las tres más visibles, la del centro, pero no se sentía seguro. "Ahora tampoco estoy muy seguro, pero voy a echarle todas las ganas y tal vez lo lograremos, o me jalas para atrás y nos va peor" –se rió, le dio un beso, se tomaron las manos y se relajaron; luego, haciendo grandes esfuerzos de concentración, permanecieron vibrando un largo rato con la fuerza de la energía estallando en el centro de su abdomen...

Primero abrió los ojos Samuel y un segundo después Luisa. Ella alcanzó a ver el susto dibujado en la cara de él. Espantada giró la cabeza hacia donde Samuel veía con los ojos tiesos, la boca muy abierta y casi atragantándose. Luisa también quedó sin aliento y se hizo un poco hacia atrás apretando la mano de Samuel, cuando vio el gigantesco cuerpo celeste cubriendo casi toda su visión, impresionante, más asombroso y perturbador que en las mejores y más fantásticas láminas dibujadas por los expertos: un par de lunas próximas, los anillos dando la vuelta y en el centro mismo, como un auténtico dios mitológico transmutado... Saturno, Saturno mismo, el planeta en toda su grandeza!

Cuando se repusieron un poco de su asombro, acostumbrados ya más a la magnífica visión, Samuel, sintiendo aún un temor incierto, encontró ánimos para decirle a Luisa, torciendo la boca y en un tono que pretendía ser juguetón y simpático: "Ah! caray, no me salió... bueno, no te llevé a Orión, pero te traje a un espectáculo mucho mejor, más emocionante y... más cerca, para no volver tan tarde a casa!" Se rieron los dos, sobre todo de nervios. Luego se abrazaron muy fuertemente por unos segundos. Samuel la apartó después un poco y la vio fijamente a los ojos. Con la mano le acarició el mentón, la mejilla, el cabello, y luego, tomándola de la cintura fue aproximando su rostro al de ella, despacio, inclinándolo, buscando con su boca la otra boca para hacer contacto suave, lentamente, con sus labios en los de ella. El beso aumentó de intensidad, abrieron más sus bocas y ahí quedaron, abrazados y besándose mucho tiempo, flotando en el espacio, inundados por la grandeza y la fuerza del mágico paisaje que sentían próximo, concentrados, absortos en sus propias sensaciones y excitación, sin separarse, apretándose mucho, los ojos cerrados y sin volver la cabeza -un poco por el romanticismo del momento y del ambiente, y otro poco por evitar ver de golpe, una vez más, la visión que los sobrecogía.

En su cama, algo le decía a Luisa que aquél no era un sueño como otros. Las sensaciones tan vivas, los colores y las formas tan reales pero a la vez tan diferentes a los de costumbre, el hecho de sentirse tan "despierta", con tanta conciencia de las cosas y hasta llegando a tener recuerdos dentro del mismo sueño..."Es un sueño?", pensaba Luisa, dormida en su celda, como con una conciencia que reflexionaba "por detrás", y en otro nivel, de lo que pensaba al besar con tanta fuerza y emoción a Samuel, ahí en las inmediaciones de Saturno.

"¡Qué diferencia ver así este planeta, es asustador! en cambio, en aquel telescopio de Samuel se veía chiquitito, chiquitito, apenas si se alcanzaban a distinguir los anillos... y eso a veces... aun así era tan bonito verlo y quedarnos ahí hasta muy tarde en las noches mirando las estrellas a veces hasta la madrugada... era tan romántico... claro que ni se comparaba con esto, esto es genial, increíble, los colores, el tamaño, los anillos vistos de cerca... saber que aquello allá lejos, chiquitito, es el sol, estar tan lejos de la tierra, tan cerca de Saturno... es increíble, no se compara con aquello, ni se compara tampoco este beso con aquéllos, aquéllos eran dulces, apasionados a veces, pero éste, no sé, éste es como si hubiese algo más en Samuel, una fuerza de sentimiento por mí que yo no le conocía, una pasión más grande, un amor mayor, más allá de todo, una necesidad, que le siento, de tenerme y conservarme así para siempre, pegada, muy pegada a él..."

Por supuesto que aquel Saturno del telescopio de la azotea del edificio de la tía y aquellos besos, a pesar de maravillosos de por sí en su momento, no podían tener comparación con éstos de ahora en el viaje astral. Y eso que aquel telescopio ya era uno comprado, con ahorros de mucho tiempo, en la juguetería "ARA". Aunque no de muy buena calidad ni mucho aumento, no podía considerarse propiamente un juguete y aumentaba la imagen mucho más que aquellos telescopios que Samuel construía cuando adolescente.

Y eso que aquellos besos eran lindos, tiernos, producto de un amor que había vuelto a florecer con delicadeza y pasión aun mayores que las de antes, cuando Luisa tenía quince años y le encantaba sentir cómo Samuel sabía besarla con dulzura, pero a la vez con fuerza y apasionadamente; la dejaba sin aliento, excitada. Más que florecer otra vez, prácticamente el amor había vuelto a nacer por aquellos días del telescopio nuevo; y además, a nacer útil, claro, limpio, bueno.

Poco antes de cumplir sus veintiocho años y casi dos años después de haber empezado a beber como loco, Samuel dejó la bebida tan de golpe como la había iniciado. Fue una noche de borrachera trágica en que después de beber y pegarle a Luisa hasta dejarla inconsciente, sintió terror de creer que la había matado y, llorando y tropezándose, subió una pequeña escalera de fierro que llevaba a la parte más alta de la azotea del edificio. Se golpeó la cabeza con el anuncio luminoso espectacular de vodka que había sido instalado unos días antes junto a las jaulas de tender ropa. Caminó después dando tumbos hasta el borde –con el apaga y enciende del anuncio parecía un momento sobrenatural– y permaneció agarrándose el cabello, la cabeza, la cara, las orejas, llorando a todo lo que daba y dando de gritos como loco, llamando a Luisa y diciendo "no Señor, no Señor, no Señor…!"; de hecho se dejó ir, aflojó las piernas para dejarse caer en el vacío pero el instinto del último momento hizo que reaccionara con un pánico enorme que le cortó por dos segundos la borrachera; rechazando la caída se impulsó hacia atrás y estiró las piernas mientras giraba para caer en el mismo lugar donde había estado parado. Cayó golpeándose la cara, lloró un rato, vomitó y se quedó dormido. Cuando despertó, estaba en la cama. Luisa lo había recogido, llevado a cuestas, bañado en el baño común de los cuartos de servicio y cambiado de ropa. Samuel tomó conciencia de que no era un sueño: estaba viva, *viva*, y le acariciaba con sus nobles dedos el lugar de la frente donde él se había golpeado al caer.

Samuel le tomó la mano que lo acariciaba, se le quedó viendo mucho tiempo sin decir nada, sintió que las lágrimas le salían sin fuerza, como si simplemente escurrieran, intentó decir algo pero la voz no le salió –Luisa estaba sorprendida de verlo llorar después de tanto tiempo-, carraspeó, intentó de nuevo, jaló la mano de Luisa y la bajó hasta ponerla sobre su pecho, le dijo:

-"Prometo por mi vida, por mi abuela que en paz descanse, por Dios…"

-"No prometas por Dios" -le suplicó Luisa-

-"Sí prometo por Dios, por mí y por ti y por Dios, *por Dios* que nunca más, nunca más –alentó la voz al repetirlo- voy a volverte a pegar, nunca más, y nunca más voy a volver a emborracharme –seguían las lágrimas saliendo, incontenibles pero silenciosas-, no vuelvo a tomar" –así lo dijo.

Esa noche la acabaron viendo por el nuevo telescopio, pero no las estrellas, sino la vida misma a su alrededor: el letrero del restaurante de la esquina, Nico's, las letras del hotel de la siguiente cuadra, que ahora aparecían gigantes en la imagen, el tipo que aprovechando la hora y la soledad de la calle le robó un paquete a un viejo en la parada del camión, y los números, ahora grandes y claros, del reloj electrónico luminoso de la Torre Latinoamericana. Cuando Luisa observó por el ocular, coincidió que el reloj marcó la una de la mañana.

"Es la primera hora de mi vida –pensó sonriendo- y vamos a ser felices muchos años".

Sus años juntos, vivos, no llegaron ni a ocho, pero a veces, algunos días y por momentos, durante ese tiempo, Luisa conoció la felicidad.

Simone tuvo que sacudirla mucho para que despertase. El Sargento Milton, del otro lado de la reja, se preocupó pensando que podía estar ocurriendo con Luisa lo mismo que había pasado con Samuel. Nada más faltaba que ella también se muriera, y también durante la noche. Luisa finalmente despertó. Se levantó, cogió su vaso de la mesa y lo acercó para que el hombre del servicio le sirviera el café. El Sargento no aguantó la tentación y le comentó tratando de ser sutil:
-"Ya me estaba dando miedo de que usted… también…"
Primero Luisa no entendió, luego dijo seria:
-"No… todo tranquilo, *tudo bem*"
Milton comenzó a platicar con cautela, pero con la intención clara de justificarse. "Y yo, usted veía, le daba siempre sus medicinas a él, y a tiempo siempre; yo sé lo importante que es que un paciente tome el remedio a sus horas cuando está delicado; usted me alcanzaba a ver, no? cuando yo se las traía a Samuel y se las daba…"
Luisa contestó automáticamente:
"Sí…" –pero pensó que, en realidad, ella *no* veía, y se le hizo extraño que el Sargento insistiera tanto en el punto.
"Inclusive, aprovechando –le dijo Milton-, ahora cuando acabe de tomar su "*café da manhã*" la voy a

llevar a la oficina del Delegado Rómulo, el Director, para que le hagan unas preguntas al respecto".

Simone, que había visto la plática desde la mesa donde desayunaba, pensó que la muerte de Samuel aún estaba dando de qué hablar en la administración del presidio.

Samuel apareció en la oficina del Director y vio a Luisa contestándole al Sargento Milton; los labios de la mujer se movían rápidamente, a Samuel le costaba trabajo leerlos. El Director escuchaba atento, su aura, rosa con vetas verdes (se parecía un poco a la corona de navidad que adornaba la ventana), le dijo a Samuel que Rómulo estaba excitado, nervioso, molesto.
Hablaron de la autopsia, de los medicamentos –Milton volvió a hacer hincapié en que, al menos, él siempre los daba oportunamente-, de las visitas del personal de la Embajada Mexicana, del inspector Guimarães, de las dudas y sospechas. Milton se veía nervioso, tenso, y en su aura todo eso también se reflejaba.

Cuando Milton salió de la administración para conducir a Luisa a su celda, Samuel aprovechó para revisar el expediente de su autopsia, que había quedado sobre la mesa del Director. Rómulo aún estaba ahí, pero era obvio que no podía verlo. Samuel permaneció un buen tiempo viendo detenidamente cada hoja; el reporte de los restos de substancias químicas extrañas en su organismo al momento de su muert, le llamó la atención: su sangre, su hígado, sus riñones, aparecían curiosamente "limpios". Niveles bajísimos, casi inexistentes, de los medicamentos que tomaba cada seis y ocho horas en forma continua. Cómo era posible?

Mientras pensaba en las posibilidades, vio a Rómulo dejar la oficina llevando unos papeles; el director salió y enseguida volvió para agarrar el expediente de la autopsia. Volvió a salir.

Samuel, a solas, sentado en una de las sillas frente al escritorio del Director, se quedó muy quieto viendo hacia el exterior por la ventana, a lo lejos, pensando. Los medicamentos eran demasiado fuertes como para no haber dejado un rastro mayor, eran tan fuertes que algunos presos, aun no estando enfermos, los compraban en el "mercado negro" para sentir los poderosos efectos de aquellos compuestos químicos en su organismo. Se drogaban con ellos. "Pero yo sí los tomaba, yo los tomé siempre y a las horas en que los doctores me los recetaron –pensó Samuel–; aunque no me gustara sentirme mareado y con asco después, sabía que estaba yo mal de salud y que necesitaba tomarlos a como diera lugar… yo *sí* los tomé…

El Sargento Milton, de regreso de la celda de Luisa, tuvo la intención de hablar con el Director Rómulo. Preocupado por todo aquel asunto de la investigación del Inspector Guimarães, no vio desde fuera que el Director Rómulo no estaba y, distraído, abrió la puerta de golpe. Se quedó petrificado. El corazón se le encogió y aumentó la velocidad de los latidos. Le costó trabajo calmarse y lo consiguió en parte sólo hasta que sacudió la cabeza un par de veces con los ojos cerrados y realizó un esfuerzo grande para convencerse del absurdo: había visto, sentado en una de las sillas, muy tranquilo, derechito, acariciándose el enorme bigote con el dedo medio de la mano izquierda y viendo hacia los jardines de afuera… al muerto Samuel, el mexicano.

CAPÍTULO XIII

Al fantasma Samuel le preocupaba ir apareciendo cada vez menos entre el círculo de sus amigos y cada vez más entre personas con las que antes, cuando vivo, no platicaba mucho o le eran francamente antipáticas.

De pronto, se sorprendía de aparecer en una plática del *Comando Vermelho*, en una reunión del Indio con el *Primeiro Comando*, o en una junta en la oficina de Rómulo, en vez de estar donde sus compañeros de celda platicaban o jugaban.

"Me están olvidando" –se lamentaba, cuando de casualidad aparecía por donde estaban y los veía desde lejos, distante. Sólo Luisa se mantenía de la misma manera que antes. Pensaba mucho en él y recordaba muchas cosas, conversaba con él, hasta le hacía preguntas. Pero aun ella, mirando bien, había disminuido un poco la frecuencia de sus evocaciones de Samuel durante la última semana, y de día pensaba menos en él. Sólo de noche, cuando dormía, lo soñaba aún regularmente. "Dios mío –pensaba Samuel-, como decía la poesía: '*Qué solos se quedan los muertos*', ni hablar. Y a Bentão, lo recordarán más que a mí? Vivirán preocupados con él, por él? Le guardarán coraje? Ya casi no lo he visto... sufrirá alguien por su ausencia? Lo extrañarán? Lo odiarán? Vivirá, digo... *descansará* tranquilo? Andará penando las diabluras que otros recuerdan con resentimiento que él hacía? Estará aprendiendo cosas, como yo? Viajará tanto así?

Y llegó el día veintitrés de Diciembre. En su celda Luisa pensó cuánto le gustaría poder conversar con Samuel, comentarle su plan, pedirle consejo y opinión. Aunque a ella y a Simone no las habían tomado en serio para la fuga ni les habían comentado pormenores, ellas se las habían ingeniado para saber lo suficiente del asunto y cada una, por su lado, había construido sus expectativas. Como no queriendo.

Luisa repasó todo una vez más. Pensó en la reacción que el *"plantão"* de guardias –con el Sargento Milton– tendría cuando escuchasen el alboroto en las otras galerías, se imaginó cada paso de lo que haría. Faltaba sólo el elemento clave para el momento de la distracción, el instante de distracción absoluta que necesitaría de parte del Sargento Milton para conseguir quitarle las llaves. Pensó en varias posibilidades; esa noche, la del día anterior al de la fuga, tendría que acabar de afinar todo, aunque en última instancia y de cualquier manera, habría de abandonarse inconscientemente a su mejor opción: ("Si tan sólo Samuel, desde donde esté, aunque sea desde el más allá, pudiera ayudarme...!)

–"Si supiera yo cómo diablos hacer para que las personas sientan cuando las toco!- le "respondió" Samuel desde donde estaba sentado observándola, en uno de los rincones de la celda.

Como la fuga sería al día siguiente, Samuel pasó la tarde practicando dos cosas que lo atormentaban: la posibilidad de aparecer a voluntad *suya* en algún lugar, adquirir forma, imagen, "cuerpo", donde y cuando él quisiera; y la posibilidad de tocar a los vivos y ellos sintieran o percibieran ese "toque". Hacia las siete de la noche pasó por la celda de Luisa y permaneció ahí una hora imaginando lo que Luisa haría exactamente en la fuga y cómo podría ayudarla. A las doce de la noche apareció volando sobre *Natal*, muy alto. Se dirigió lentamente hacia el noreste, se detuvo y permaneció flotando viendo desde arriba las rocas de *São Pedro* y *São Paulo*, que una luna creciente alumbraba pobremente en la noche brumosa. Veía hacia abajo, con miedo de volverse y mirar de pronto y ser sorprendido una vez más por la imágenes apabullantes de los hombres notables y del rostro de Cristo. Junto a ellos, la grandiosidad y el brillo de Saturno resultaban menos impactantes. Sabía que tenía que esperar, que de pronto las imágenes aparecerían, era como si aparecieran de la nada, o como si, de repente, entrase él en un estado diferente de percepción dentro de la existencia de fantasma que tenía, y las percibiera.

Esperó.

Pensó si Luisa aparecería. Nada. Súbitamente un escalofrío le recorrió las piernas. Al lado de él, muy cerca de su cara, percibió aquellos puntos de brillo especial que formaban los cuerpos brillantes algodonosos, las almas al final de los cordones de plata, y que, así mismo, formaban aquella primera imagen del rostro de Cristo. Por estar tan cerca de él, no los había percibido antes, y porque esta noche eran muchísimos más los cuerpos y muchísimas más las cuerdas y filamentos que se interconectaban para darle forma; eran tantos y estaban tan entrelazados, que no podía ver la imagen o cuerpo que esta vez formaban, pero sintió que era *aquella misma imagen*, sólo que mucho más grande y más densa, ni siquiera podía verle el contorno, el principio ni el fin, pero sentía, sabía que era *el fantasma de Cristo*, y que esta vez él, Samuel, no estaba observándolo de lejos, sino que estaba *dentro* de *él*, rodeado por todos los puntos luminosos que lo formaban y sumergido en la misma masa sutilísima que integraban todos los cuerpos y cordones conectados! se encontraba, ahora, *dentro* de la imagen, que en esta ocasión abarcaba más espacio que nunca!

Luego, unos minutos después de su pasmo y exaltación, que le provocaron ganas enormes de llorar con un llanto sin lágrimas, mudo de emoción y alegría, Samuel comprendió: Era la noche del veintitrés de Diciembre, en otras partes del mundo ya era día veinticuatro, día de *Natal*, de la natividad, la Navidad, y millones de personas estaban ya en comunión imaginando y recordando, rezando, ritualizando, reproduciendo, conmemorando, realizando, llevando a cabo la celebración de un aniversario más del nacimiento de Jesús, el ungido, el Cristo.

CAPÍTULO XIV

Sabía que aquel día era veinticuatro de Diciembre. Sabía que esa noche se festejaba el nacimiento de Jesús de Nazareth y que era la misma noche en que intentarían la fuga. Entonces, qué hacía ahí? en las alturas de ese rincón solitario del corredor que llevaba a la Galería "B", casi a oscuras y a unos metros de una banca donde estaban Guilherme y el Sargento Milton platicando? y aquél allá en el fondo… era... el fantasma de Bentão?!

En la soledad del pasillo, el ruido de la botella de *cachaça* al servir los vasos resonaba con brillo y claridad, punzante, y las voces de los dos guardias, aunque un poco torpes y roncas por el alcohol, se escuchaban a la perfección. Para Samuel todo era silencio, pero se imaginaba algunos de los sonidos correspondientes. Vio que en el otro extremo del corredor, Bentão se disolvió y desapareció. El mexicano suponía que debían ser casi las diez de la noche, que el partido de futbol estaría por empezar. Se acercó a los que conversaban y quedó flotando en lo alto a un par de metros de ellos, viendo sus auras moradas con líneas cafés y vetas negras. En la de Milton, unos rojos intensos aparecían por momentos.

-"No te preocupes –dijo Guilherme al Sargento Milton-, esa investigación, como todo aquí en Brasil, va a *terminar en pizza* y no van a llegar a nada ni va a pasar nada…"

-Claro que me preocupo -Milton hablaba con lentitud, como reflexionando- claro que me preocupo… los de la Embajada Mexicana no nos quitan el ojo de encima, están tercos en llegar al fondo y ya ves cómo el inspector Guimarães no deja de venir…

-"Pero tú, qué? qué te preocupa? qué hiciste o qué? no entiendo…"

-"No… yo… no soy sólo yo… eso va a afectar a mucha gente… - Samuel se aproximó más y se acomodó mejor para leer los labios con más facilidad; Milton continuaba- …y hasta a uno que otro doctor, y bien visto no tiene realmente nada de malo.

-Entonces qué te preocupa?

-Pues que la gente no lo ve así y andan haciendo olas por aquel insignificante mexicano…

Samuel se comenzó a alterar, no acreditaba.

–Y cuál es el problema? –preguntó Guilherme, tomó otro trago, soltó un hipo y esperó.

-Mira, aquí entre nos… bueno, ya qué más da si lo cuentas, yo creo que no tardarán en saberlo todos, pero tú, bueno, ni digas, *tá*? mira, con varios presos que tienen recetados medicamentos muy fuertes, de los que son remedios controlados- Milton bebió un trago directo de la botella y se limpió la boca con el puño de la camisa- hacemos como que les damos las pastillas o tabletas pero no son las reales del medicamento… son… unas que tienen, que consiguen, que no tienen nada que ver con las verdaderas...! son iguales, pero ésas no hacen el menor efecto, son "de mentiras", sin las substancias químicas...

-Pe... -quiso interrumpir Guilherme asombrado

- ...y por lo mismo pues... no curan.

-*caralho!*... y luego?

-Pues, y luego... ya, a veces ni a quien le importe, casi siempre... siempre, ni quien se dé cuenta, sólo ahora, con lo de ese *filho da puta* del mexicano...

-Pero y... cómo? la gente entonces no se cura!

Samuel sintió miedo.

-Pero de todos modos no se iban a curar, eso se hace con los que ya ni esperanza tienen, los que ya "no cuentan".

-Cómo así? –Guilherme, a pesar de su crueldad, su forma violenta de ser y los años de servicio, estaba asombrado.

-Sí, los que ya de plano están muy mal, o van a morir de cualquier forma, o están "marcados", sentenciados, que ya se las tienen sentenciada los policías u otros presos... así que... ya para qué gastar dinero y esfuerzo.

Samuel se acercó con ganas de abofetear al cínico.

-Y... -Guilherme se rió de pronto-...los burros siguen tomando sus pastillas como si se fueran a curar!

-Ah! no! eso sí... -dijo Milton sonriendo apenado-... y bien puntuales, a sus horas; pero pues ya ves que la fe cuenta mucho...

Samuel se dejó ir y soltó un trancazo que atravesó la cara de Milton sin tocarla. Sintió furia por la impotencia, se concentró y soltó otro golpe. El Sargento Milton no sintió nada.

-Y ustedes... ganan... -Guilherme, ya serio, daba espacio para que Milton continuara

-Por un lado y por el otro: la Policía Federal paga de su presupuesto para comprar los remedios para los presos en la farmacia del Centro Médico Federal. Los frascos y cajas de los remedios originales nunca salen de ahí, como si no se vendieran, entiendes? como si... sólo les sacan las pastillas originales y les ponen otras de mentiras... bueno, digo, sí salen, pero son los mismos que vuelven después de "usados" para ser rellenados con más "de mentiras", así el dinero, el dinero que paga la Federal nos queda prácticamente libre.

-Pero, y entonces, con qué consiguen los remedios reales? y los de mentiras?

-Ah! ésos se los roba un contacto en el laboratorio que los fabrica y los trae directo para acá...

-Y entonces, para qué las recetas y la "compra"? –preguntó Guilherme.

-Para justificar contablemente las compras y porque a algunos... a algunos sí les recetan esos remedios unos doctores que no están "dentro"... -Milton sonrió con picardía-... y para justificar le presencia de esos remedios en la prisión por si los encuentran... y para quedarnos también son ese dinero...

-También? –preguntó Guilherme

-Sí... sí, "*también*" –explicó Milton impaciente-, porque "*también*" está el otro, el dinero grande que pagan en el mercado negro los presos que se drogan con las pastillas, las pastillas "reales" de los remedios "reales"! Y ésos sí se curan! de todo! –rió como un bobo.

Samuel veía, llorando de rabia, lo que Milton hablaba y no sabía qué sonido colocarle a *esa* risa.

-Y a nadie le importan aquéllos que sí necesitaban los

remedios? a los que los doctores que no están en el esquema sí se los recetaron porque sí los necesitaban? –dijo Guilherme extrañado.

-A quién? a quién le importan ésos? a ti? a mí? a quién? a quién le importaba el mexicano? –tomó otro trago y otro espasmo de hipo lo sacudió- A quién?... bueno –reflexionó y luego sonrió con amargura-, parece que a los putos cónsules de la puta Embajada!

El griterío les indicó que el juego de futbol había comenzado.

Se levantaron para dirigirse a sus puestos. Samuel los siguió por encima durante unos metros, incrédulo, con el coraje y el dolor contenidos, atragantados. Luego voló rápido hacia la celda de Luisa.

Los guardias del presidio creyeron que los *"gringos"* eran más entusiastas que de costumbre y los ánimos estaban más encendidos por la exaltación misma de aquella noche y lo atractivo del juego internacional. No escucharon cuando los presos fueron sacando las *facas* y espadas de los escondites, las *teresas*, las piedras, los arpones, cuando comprobaron las cargas en las pistolas, cuando Jorge, líder del *Primeiro Comando*, llamó para confirmar el inicio de todo a los amigos que los esperaban afuera para darles cobertura. Tampoco oyeron cuando el negro Lyndonjohnson, líder del *Comando Vermelho*, marcó el número del celular que estaba en poder del *"Sherif"* Ubaldo –el preso que mandaba en la Galería "A"-, ni cuando a las 11:30 pm, en punto, aquel teléfono sonó y Ubaldo contestó para oír que Lyndonjohnson le decía "todo en orden, sólo me avisas si el guardia no hace la ronda a tiempo; si sí, nos vamos con lo platicado", –*Valeu*- contestó emocionado Ubaldo.

El guardia de la Galería "A", para su propia desgracia, llegó puntual. Cuando se acercó a responder una pregunta que le hizo Ubaldo, ocho brazos se estiraron rapidísimo entre los barrotes de debajo de la reja y como un pulpo fantástico que tuviera tentáculos con tenazas de hierro, las manos lo sujetaron de los tobillos y las pantorrillas. Otras dos manos lo prendieron de la cintura y a la vez que lo detenían para que no cayera empezaron a quitarle el cinturón.

Todo al mismo tiempo. Ubaldo le apretó los testículos, apareció una de las pistolas de jabón y apuntándole a la cabeza le dijo, bajito, serio, sin dudas:

-Haces lo que te digamos o te mueres, abre aquí.

Con los nervios, Ubaldo no percibió que la pistola no era real y la presión en sus miembros lo hizo comprender que hiciera lo que hiciera no saldría bien librado. Decidió obedecer. Los guardias de la central de monitores veían el partido. Uno de ellos miró hacia las pantallas en ese momento. Vio todo en orden, vio que en uno de los pasillos uno de los guardias estaba muy pegado a la reja hablando con alguien…

El guardia, temblando, abrió la puerta. Rezaba porque lo dejaran amarrado, golpeado…pero vivo.

No fue así. Ubaldo y otro salieron corriendo para echar una manta sobre las cámaras de TV del pasillo mientras los de la celda conducían al guardia hacia el área del baño. Ahí lo degollaron.

Cuando los de las otras celdas vieron a Ubaldo cruzar corriendo –libre- por el corredor, gritaron como locos.

En los puestos de guardia y vigilancia tomaron la algarabía como cosa de la emoción por el partido de futbol y la noche de celebración. Ubaldo gritó que las cámaras estaban "fuera". Salieron todos de la celda de Ubaldo, unos corrieron hacia la puerta que conducía a la Galería "B", otros hacia la salida a uno de los patios para dirigirse a las torres, cuatro se dirigían al estacionamiento, otros estaban ya abriendo con las llaves del guardia asesinado las demás celdas de la Galería "A". Conforme abrían, los presos liberados corrían rápido y en silencio hacia la salida, muchos de ellos con guantes de protección para golpear, aldabas y nudilleras metálicas, bolas de alambre y piedras. La Galería quedó desierta, a excepción de dos presos que juntaban los colchones en dos de las celdas.

Ubaldo corrió junto con Alfeo rumbo a la Galería "B", cada uno con su pistola de jabón en la mano.

En el centro de monitoreo, el único guardia que de vez en cuando daba una ojeada a las pantallas –cuando separaba la vista del televisor con el partido Flamengo vs. Manchester-, vio la falta de imagen en dos de ellas, pensó un momento, miró el partido unos segundos y decidió hacer algo. Se acercó al jefe de turno que junto con otros cuatro policías bebía y veía entusiasmado el partido.

-"Voy a checar la Galería "A"– le dijo a su superior

-Qué? –a disgusto por la interrupción el jefe le preguntó-… que no fue ya el de turno?

-"Cayó" la imagen –señaló hacia los monitores el guardia.

El jefe, sin mirar a donde el guardia le señalaba,

movió la mano como espantándose una mosca sin apartar los ojos de la televisión.

El guardia se colocó la pistola, tomó un bastón y salió rápidamente.

Ubaldo y Alfeo dieron vuelta en la esquina de un corredor y se toparon de frente con él. La sorpresa paralizó un instante a los tres. El primero en reaccionar fue Ubaldo. Apuntó a la cara del guardia con su pistola falsa, inmediatamente comprendió que a esa distancia el guardia no se tragaría la imitación, subió la pistola y asestó un golpe con la cacha en la cabeza del hombre, el jabón endurecido y la manaza de Ubaldo lo noquearon. Ya en el piso, Ubaldo le quitó la pistola y con ella le dio varios golpes duros, secos, precisos; Alfeo le quitó el bastón de golpe, empezaba a desvestirlo pero Ubaldo lo apresuró en voz baja y lo jaló con él para continuar la carrera.

Benicio, Valdemar, "Zé Mané" y otros del *Comando Branco* esperaban listos pegados a la reja de su celda en la Galería "B". Los dos guardias de la ronda de la noche avanzaban tranquilos por el corredor de la Galería. Estaban a cuatro celdas de distancia de la de Benicio. "Zé Mané" miraba el reloj y contaba los segundos desde el griterío enloquecido que habían escuchado hacía casi ya minuto y medio –proveniente de la Galería "A"-, informándoles que las cámaras de vigilancia de TV de aquella galería estaban inutilizadas ya y los primeros presos fuera de las celdas. La excitación era enorme. Al minuto y medio exactamente, "Zé Mané" dijo que sí con la cabeza y Benicio, Valdemar y los otros de la celda iniciaron una riña. Los dos guardias avanzaron más rápido hasta ahí para ver qué pasaba. Entre los gritos, amenazas, preguntas y aclaraciones tratando de calmar a los presos desde afuera de la celda, los dos guardias no vieron la llegada de los otros cinco, Ubaldo y Alfeo al frente, que entraron a la Galería tapando la primera cámara y, llegando por atrás y por un lado de donde ellos estaban, los apretaron contra la reja inmovilizándolos. Ubaldo siguió hasta la otra cámara de vigilancia en el extremo del pasillo. Le embutió en el objetivo una tapa de "Chokito"; los presos de la última celda, junto a la cámara, gritaron eufóricos y toda la Galería hizo lo mismo. Ya los guardias habían muerto por los tubazos que Valdemar les diera en la cabeza. Ya descansaban en el fondo de la celda de Benicio. Ya todo el mundo corría en cuanto Benicio abría cada una de las otras celdas y Valdemar llevaba los colchones de todas hasta la suya para prenderles fuego.

En la Galería "C", Indio, Moacyr, Wanderley y los otros de la celda 28, entre ellos Zico Morando y Raymundo Nonato, con las pistolas, *teresas*, *facas* y espadas listas, sintieron la emoción de escuchar el segundo griterío. Seguían ellos, los de la "C". Wanderley miraba su reloj.

En el estacionamiento, los de la Galería "A" habían abierto ya dos autos y una patrulla; dejaron inconsciente al velador del estacionamiento, el viejo Manoel, y amarraron y amordazaron al chofer de la ambulancia. Otros de ellos mantenían distraídos a los guardias de las dos torres del ala norte, lanzando piedras en varias direcciones.

Los encargados de cruzar el área administrativa y asaltar la sala de la central de monitores de televisión no habían logrado entrar. Llegaron momentos después de que el guardia saliera para ir a morir en el pasillo a manos de Ubaldo. Agazapados esperaban que alguien abriera la puerta que sólo podía ser accionada desde dentro. Era esencial entrar, cuando se identificaren los griteríos y el escándalo como partes de una fuga, los guardias intentarían llamar desde ahí hacia las otras alas y a los puestos de auxilio que estaban en la calle siguiente. Los presos tenían que tomar, ya, aquella sala de control, para cortar las comunicaciones y las posibilidades de auxilio.

Zico Monardo, Raymundo Nonato y otros en su propia celda de la Galería "C" también contaban el tiempo para empezar la revuelta, y a unos metros de ellos, Jorge, el negro Lyndonjohnson y los del *Comando Vermelho* permanecían en las rejas esperando el momento.

Luisa, sin saber a fondo cada paso, sabía que aquellos gritos no eran por el futbol. Cuando Milton salió de hacer su ronda nocturna de la Galería Especial, ella agarró debajo de su almohada el envoltorio que había hecho con identificación, documentos y la carta arrugada de Samuel y lo deslizó dentro de sus pantalones, entre el calzón y su vientre. Desde las seis de la tarde, después de bañarse, se había vestido con doble pantalón y doble blusa para poder quitarse la ropa de encima cuando estuviera fuera de la cárcel. Después escuchó ruidos extraños en la celda donde Samuel solía dormir y distinguió las voces de Klaus, Paulão, Eliú y Pepe discutiendo mientras Nicola y Lucky Boy gritaban como locos: "Gooool"! Sabía que el plan había comenzado hacía unos minutos y había alcanzado a escuchar días antes que los de la Galería Especial harían lo suyo cuando el fuego comenzare. Pero, *cuándo*? Cuándo y *en dónde* comenzaría el fuego? Y qué sería lo que los de la Galería Especial harían exactamente? Y qué haría *ella*? Tenía que ejecutar su propio plan acomodándose en cierta forma al de los otros, pero sin estorbarles.

Samuel, desde un rinconcito al fondo de la celda, la veía pasearse, nerviosa, morderse las uñas, acercarse a la reja tratando de ver, de oír mejor y luego retirarse para reflexionar, rezar y tratar de calmarse. Él mismo trataba de imaginar qué pasaría y cómo podría ayudarla. Los colores del aura de Luisa lo impresionaban esa noche. Simone oía la radio recostada en la cama con los ojos cerrados. Para ella esa noche no era Navidad ni nada distinto, era otra noche más en su infierno particular: pensaba incluso que era un día antes!

"Zé Mané" y cinco más, divididos en dos grupos, subieron rápidamente por los muros de los torreones usando las cuerdas largas. Los guardias seguían a la búsqueda de lo que podía estar causando aquellos ruidos que escuchaban desde un par de minutos antes. No vieron cuando los presos llegaron por detrás, les abrazaron el cuello y, con las *facas*, a unos les cortaron la yugular y a otros les rebanaron el estómago.

Los "especialistas" en el estacionamiento lograron el

encendido directo de dos carros y la patrulla. La ambulancia siempre tuvo las llaves en el encendido. Uno de los hombres estaba ya con el control de la puerta automática en la mano. Todos listos.

En la celda que fuera de Samuel, de la coladera del baño Paulão extrajo la bolsa con el frasco de ácido sulfúrico. Con cuidado lo llevó hasta la mesa de la celda y abrió la bolsa, lo dejó en un rincón de la mesa, entre unas botellas de refresco, otras de vinagre y aceite y un plato con ensalada.

Los del *Primeiro Comando*, al fondo de la Galería "C", no entendían por qué la tardanza; ya había pasado más del minuto y medio y nadie llegaba a la Galería, ni un guardia, ni presos liberados…De repente, con gran estrépito, la reja de acceso al pasillo se abrió y entraron corriendo Ubaldo, Alfeo, Benicio y tres más; Ubaldo echó un trapo sobre la primera cámara de TV. Todos los presos de la Galería gritaban con euforia y golpeaban las rejas con las armas. Alfeo y Benicio los iban liberando.

Habría sido un plan ejecutado hasta el final a la perfección, si Valdemar, al salir corriendo de la Galería "B", no hubiese jalado sin querer, con el tubo que llevaba cargando, el trapo con que habían tapado una de las cámaras. A partir de ese momento, todo fue confusión y desorden. En la sala de control de monitores un guardia, que había pensado que se trataba de una falla eléctrica que afectaba las dos cámaras de TV de la Galería "A" y las dos de la "B", y que movía los controles del tablero para comprobar, vio cómo la imagen de la cámara 1 de la Galería "B" recuperaba la imagen como si descorrieran una cortina frente a ella.

Vio en la pantalla objetos tirados en el corredor, rejas abiertas y humo saliendo de una de las celdas.

La alarma general sonó antes que la del fuego y todos supieron que el plan había fallado y la fuga había sido descubierta. Todo mundo se aceleró y corrió hacia las rutas de salida. Los presos que corrían ya hacia la Galería "D" dieron media vuelta y corrieron para el patio. También los presos que acechaban fuera de la sala de control central estaban por desistir e irse, cuando se abrió la puerta y varios guardias empezaron a salir, armados y colocándose los chalecos antibalas, para tratar de controlar la situación. Los presos los fueron recibiendo en el corredor afuera de la sala y cazándolos uno a uno. Cuando acabaron, entraron a la sala y mataron al único guardia que quedaba y estaba intentando llamar por radio al cuartel general.

En la celda de Samuel, Paulão y los otros se vieron sin saber qué hacer. Luisa intentaba ver lo más lejos posible por el corredor por si alguien llegaba, pero no conseguía ver mucha cosa, desde el intento de suicidio le habían retirado el trozo de espejo con que solía observar los pasillos. Samuel, muy cerca y atrás de ella, trataba de observar también.

Antes de que Klaus, Paulão, Eliú, todos, lograsen reponerse de la sorpresa, entró corriendo en el pasillo el Sargento Milton. Iba con una pistola en la mano y pasó velozmente frente a todas las celdas. Nadie supo qué hacer exactamente. La mujer reaccionó primero. Cuando iba de regreso, Luisa lo llamó. El Sargento Milton quedó a un paso de la reja, nervioso, pero diciéndose que no podía estar ocurriendo nada grave, un aviso de alguna cosa, falsa alarma o hasta festejo a lo loco de algún gol de Flamengo. A lo lejos se oían gritos estentóreos y golpes en las paredes y en el piso, como telón de fondo para la estridente alarma. Luisa sabía que ésa era su oportunidad. Samuel sabía que tenían que hacer algo *ya*; los tiros empezarían de un momento a otro y no quedaría mucho por hacer, por lo menos en aquella Galería Especial. Vio el aura de Milton –anaranjada y roja y más cargada que de costumbre-, y la de Luisa, que expresaba mucho más nerviosismo y tensión.

Luisa intentó lo primero que se le ocurrió, era en ese momento o nunca:

-"Sargento Milton, quiero mostrarle un papel muy importante que creo que tiene que ver con lo que está pasando"- se dirigió a su cama mientras hacía con los dedos señal de esperar. El Sargento se acercó y quedó a un paso de la reja, extrañado, tenso, cauteloso, un poco lento por el alcohol de la *cachaça*. Luisa llegó a su cama. Subió con rapidez y sacó debajo de la sábana un cuchillo de plástico que había ido afilando poco a poco; al mismo tiempo sacó de su pantalón uno de los papeles, cualquiera. Bajó y fue a la reja abriendo el papel y disimulando el cuchillo. Samuel, desesperado junto a la reja, ya del lado de afuera, hacía esfuerzos de concentración y manejo de energía. Trataba de empujar al Sargento para que se acercara más; intentaba algo, cualquier cosa. En las celdas próximas los presos querían ver y escuchar lo que decía Milton.

-"Mire, éste aquí… -Luisa abrió el papel pero no lo sacó para dárselo a Milton, más bien mostró intención de invitarlo a que él se aproximara. El Sargento Milton se acercó y quedó a su alcance pero aún no demasiado cerca. Luisa improvisó. –"… es un papel de una carta que… (*ayúdame Diosito, Virgencita ayúdame!, qué le digo?, cómo lo envuelvo?*)…Samuel, Samuel me escribió y…- el Sargento Milton se espantó y se acercó un par de centímetros -…aquí él me decía… (*ayúdame Samuel, ayúdame, dame ánimo, fuerza, inteligencia para distraerlo!*) – la mujer señalaba cualquier punto del escrito, mostrándolo- … me decía que…- Luisa mantenía el cuchillo por debajo directamente de la hoja de papel, tapándolo con ella; la alarma de fuego comenzó a sonar en las Galerías "A" y "B", Paulão y todos los de la Galería Especial se pusieron más tensos, los tiros comenzaron a lo lejos, el Sargento brincó de susto pero le importaba más saber de qué se trataba aquello y permaneció ahí; Samuel se esforzaba en tener efecto sobre el Sargento, distraerlo, afectarlo, ése *era* el momento, lo vio con más concentración e intensidad aun (*el aura del Sargento da signos de falta de concentración…*)- que…había tomado Samuel la decisión de… (*ayúdame Samuel!*)… hacer algo a partir del día de mi cumpleaños!"- Luisa sólo ganaba tiempo, pero el Sargento recordó que Samuel –que ahora se concentraba en su propia energía, como nunca- había muerto precisamente la noche siguiente a aquel día y decidió acercarse a la reja un poco más. Samuel, en su desesperación, trataba hasta de taparle los ojos al Sargento, le ponía las manos sobre los párpados, se los apretaba… y entonces, Samuel lo consiguió (pero no como él lo suponía, sino como lo consiguen los fantasmas): Milton se imaginó mil cosas en un segundo, se preocupó con la posibilidad de que Samuel hubiese descubierto algo y lo hubiese comunicado ya a Luisa, quien podría causarle problemas, se aproximó para ver en detalle el papel, comenzó a leer las primeras letras, se acercó unos milímetros más aun y en ese momento percibió, con el rabo del ojo, algo dentro de la celda que le llamó la atención, bajo la parte baja de la litera donde Simone descansaba oyendo radio vio (claramente) el cuerpo de Samuel, como solía dormir en la celda bajo la litera de Werson y Marcos, con las piernas bajo la cama y medio cuerpo afuera, justo como estaba el día de su muerte! Sintió un frío en la espalda –"Qué hace *eso* ahí" –pensó, y sin saber si era por el alcohol o qué, cerró los ojos, los apretó y sacudió la cabeza como para sacudirse la visión. Samuel, que le apretaba los ojos, tratando de cerrárselos, supo que lo había conseguido. Luisa sólo agregó un par de palabras cuando lo vio cerca, con los ojos cerrados y "desconectado": -"Hijo de..." –y sacando las manos por la reja le clavó con la derecha el cuchillo de plástico en el cuello y con las dos lo jaló para sí y le estrelló varias veces la cabeza contra los barrotes, ayudada, inocente y entusiasmadamente, por Samuel, quien había visto todo y reaccionó con rapidez.

Pepe, Valdir, Werson, Eliú, Paulão y otros, que desde su celda alcanzaban a escuchar lo que realmente pasaba con el Sargento Milton, sus espasmos de asfixia y su largo "Aaay" ahogado, estiraron más los brazos entre los barrotes de las rejas, la vista fija en los espejos en sus manos, y consiguieron ver las piernas del Sargento, ya en el piso, y el charco creciente de sangre. Gritaron y sacudieron las rejas exaltados; otros presos de la Galería gritaban porque sí.

Luisa y Simone dejaron a Milton, sin sentido, en el piso. Abrieron su celda y salieron disparadas. Luisa aventó el manojo de llaves a Paulão al pasar frente a él. Siguió corriendo hacia el extremo del corredor, bajó los tres escalones y comenzó a tratar de abrir a patadas y empujones la puerta de la pequeña bodega. Simone y Samuel la ayudaban.

En la prisión, todo era ruidos, griteríos, confusión, desorden, alarmas y disparos.

En lo que Paulão abría su celda, entró a la Galería Especial, por otra de las puertas de acceso, el guardia Torquato. Llevaba una ametralladora. Fue atropellado por Eliú y Lucky boy, que corrían por el pasillo rumbo a la salida. Paulão, desde atrás, le asestó un golpe en la sien y le quitó la ametralladora. Por lo que fuere, le derramó, además, la mitad del frasco de ácido sulfúrico en la cara.

Luisa reaccionó por fin y le gritó a Simone: "Córrele a ver si dejaron el llavero por ahí". Simone, despabilada y emocionada, corrió de vuelta hacia las celdas de la Galería. Samuel vio que el aura de Luisa tenía corrientes de energía de todos colores. El Sargento Milton estaba volviendo en sí cuando Simone regresaba ya de la última celda del fondo con el llavero que habían dejado pegado al candado los últimos presos que salieron. El Sargento alcanzó a agarrar a Simone de un tobillo, la mujer gritó apavorada cuando iba cayendo; se levantó y echó a correr. Milton se levantó tras ella, tosiendo sangre. Simone llegó a la puerta del fondo del pasillo de la Galería, bajó los tres escalones y sin mirar atrás ni esperar le dio a Luisa el manojo con las llaves. En seguida, corrió por el pasillo hacia el frente, hacia la sala de monitores de la Galería Especial, buscando una ruta de salida.

Luisa buscó la llave con rapidez, vio de reojo que alguien se acercaba, volvió la cabeza sin dejar de probar las llaves en el candado y vio, con pánico, que era el Sargento Milton. Samuel también volteó y lo miró, el aura de Milton estaba descompuesta.

Luisa halló la llave, abrió el candado, lo quitó, descorrió el cerrojo y entró en la pequeña bodega de desechables, corrió hasta el fondo, a la puerta de salida: estaba cerrada. No daba tiempo de intentar hallar la llave, vio un pequeño tragaluz en lo alto, subió por encima de unas cajas de papel higiénico y con el candado y el manojo de llaves que aún llevaba en la mano rompió el grueso cristal. Era pequeña la abertura, pero la mujer, bajita y muy delgada, consiguió empezar a deslizarse. Milton caminaba lo más rápido que podía; en un intento de sacarse el cuchillo, lo rompió y la punta afilada se le quedó dentro del cuello. Seguía tosiendo. Llegó a la puerta de la bodega, alcanzó a ver las piernas de Luisa, que ya tenía medio cuerpo afuera, avanzó y le agarró una de ellas. Samuel, a unos pasos, repitió el "numerito". Comenzó a concentrarse, a acumular y manejar su energía. "Esta vez va a ser '*mamão com açúcar*', como dicen aquí" –pensó. El Sargento Milton, por alguna razón, asoció el pataleo de la mujer con la angustia de la muerte y sintió una presencia extraña en el cuarto, se volvió. Una vez más, el Sargento Milton perdió el control al volver a ver la imagen del muerto, sentado, esta vez, sobre unas botellas de detergente en un ángulo de la bodega, y con la misma actitud contemplativa que tenía cuando se le apareció en la Dirección. "Por tu culpa me distraje hace un rato en la celda"; entre el nuevo susto y la patada de Luisa para librarse de las manos que le impedían acabar de salir, el Sargento Milton acabó por derrumbarse.

Luisa cayó de cabeza en el piso de cemento de fuera de la bodega, se repuso, vio hacia el frente, escogió una dirección y se echó a correr, hacia las últimas rejas metálicas a lo lejos, por entre los pocos vehículos que estaban en ese estacionamiento al aire libre. Samuel, alegre por la caída del Sargento Milton y la salida de Luisa, había simplemente atravesado la pared de la bodega y ahora, golpeando de gusto el aire con su puño derecho, seguía a la mujer, a unos quince metros, por atrás y por encima de ella. Nervioso, veía hacia todos lados para comprobar que nadie en esa área la estuviera siguiendo. Buscó en las alturas, en el cielo, señales de aquellas imágenes gigantes de los rostros mágicos. De vez en cuando, volteaba a ver hacia la prisión; en los patios, las luces estaban, todas, encendidas. Aunque no conseguía escuchar nada -ni los chillidos de desesperación de Torquato tratando de arrancarse de la cara los pedazos de la piel que ya el ácido le había desgarrado, ni los gritos demenciales de los presos quemados vivos en las celdas 2 y 3 de la Galería "D" por los guardias furiosos y vengativos, ni las arcadas del vómito moribundo del Sargento Milton-, sí vio el humo de los disparos, el otro humo espeso con las llamaradas de las quemazones, las nubes de gas lacrimógeno, los guardias cayendo de una torre, las correrías para llegar a los muros y a la salida, los vehículos huyendo del otro estacionamiento, guardias que disparaban, presos que caían, la explosión de la granada que mató a Guilherme y a Ubaldo, la lucha entre el guardia Joaquim y Benicio. Paulão, Lucky Boy, Eliú y Klaus salían por la mismísima puerta principal, con Simone atrás de ellos; unos del *Terceiro Comando* subían rápido en carros de civiles. Vio también la llegada de los grupos de choque con sus cascos, sus trajes negros con aspiraciones de Robocop y toda la parafernalia, las ráfagas de las ametralladoras y los reflectores de los primeros helicópteros que llegaban del norte alumbrando las torres, los muros, los patios y la fachada donde brillaban las luces intermitentes de los adornos con foquitos navideños.

A intervalos, y mientras acompañaba con preocupación el avance de su amada, Samuel alcanzó a ver todo eso. Por encima de la sonrisa de sus labios, sus ojos lloraban.

CAPÍTULO XV

Cuando amaneció, Samuel vio a Luisa recostada entre los árboles. Más allá, las aguas del lago temblaban ligeramente con la misma brisa que iba despejando la delgada capa de bruma sobre su superficie. La claridad aumentaba rápidamente. Unos pájaros afilaban los picos en las ramas. Luisa dormía con expresión de calma absoluta rodeada por una aura de un azul muy tenue, blanquecino. Samuel pensó que el canto de las aves la arrullaban.

Subió flotando y distinguió la ciudad de Brasilia, los contornos del Lago… (*Norte*? *Sul*?) y, allá, lejos, las columnas de humo pardo que aún se prolongaban desde la prisión hasta las nubes bajas en el cielo. Observó helicópteros en varios puntos y reaccionó preocupado mirando hacia Luisa.

Los árboles cubrían por completo la visión de su cuerpo.

Se tranquilizó y permaneció flotando, relajado.

Pensó que Luisa estaba libre; *libre*. Por fin, *libre!* Seguramente la buscarían y la darían por muerta, desaparecida. Fugitiva. No sería fácil para ella, pero era lista, hábil, y había aprendido a sobrevivir y a hacer frente a muchas cosas durante su estancia en la cárcel. Además, ahí estaría él para ayudarla en los momentos difíciles, él, que había logrado de muerto, como si todo fuera continuación de lo mismo, lo que tanto quería cuando era jovencito: levitar, ser invisible, hacer viajes astrales. Flotó hasta colocarse por abajo de las copas de los árboles y se acomodó en una rama grande.

Recordó el día en que remó con Luisa en un lago diferente, entre árboles diferentes, en un tiempo lejano, allá, en el Bosque de Chapultepec de la Ciudad de México. La tarde del día siguiente a la noche en que prometió no volver a pegarle ni a beber, salieron del edificio poco después del mediodía. Luisa llevaba una pañoleta que le cubría el abultamiento en la parte superior de la sien izquierda, y lentes oscuros para tapar los moretones que le rodeaban el ojo derecho. Sólo el pequeño corte del labio inferior quedaba al descubierto. Tomaron un camión "Chapultepec-LaVilla" y se bajaron en Reforma. Caminaron hasta las faldas del cerro y subieron al castillo. Hablaron poco, la mayor parte del tiempo caminaban en silencio tomados de la mano y como si ambos, al mismo tiempo, supieran a dónde ir y qué hacer. Como autómatas, idos. Fue hasta que pasaron por las lanchas cuando Luisa se emocionó: "Alquilamos una? –le dijo- ándale! como el día que te conocí". Samuel sonrió al recordar aquel primer día en que, después de dejar las cosas de Luisa en la recámara de Samuel a cuatro horas de haberse conocido y tras platicar largamente, habían ido a Chapultepec, andado en lancha y regresado para dormir en su casa, en la recámara del departamento de la Vértiz-Narvarte donde Samuel vivía con su mamá y su hermano. La mamá trabajaba todo el día y en la noche llegaba rendida; el hermano, igual, y además, estudiaba. Ninguno de los dos descubrió, hasta después de dos meses, que Samuel tenía a la jovencita viviendo en el mismo departamento y durmiendo ahí con él, desde el primerísimo primer día. Samuel movió la cabeza cuando recordó aquello y sintió una gran ternura. Aceptó enseguida lo de la lancha. No tenía mucho dinero pero valía la pena. Cuando ya iban por el centro del lago, Samuel dejó de remar. Metió los remos a la lancha y se acercó a Luisa, le quitó con mucho cuidado y suavidad la pañoleta y los lentes, le acarició la mejilla izquierda y la abrazó aproximándola a él y apretándola con una fuerza emocionada, protectora. Así se quedaron un buen tiempo. Él sintiendo paz, ella llorando todo lo que le había faltado llorar en esos años, no desde que Samuel la maltratara, ni desde que conociera a Samuel, sino prácticamente desde que naciera.

Murieron ochenta y siete presos y dieciocho policías. Entre los policías: Guilherme, Torquato, Joaquim, todos los del control central de monitores. Entre los presos: Benicio, Ubaldo, Nicola El Italiano, Pepe, Werson, "Zé Mané", Lyndonjohnson, Wanderley…, muchos.

Veinticinco presos y nueve policías, gravemente heridos –entre ellos el Sargento Milton-, quedaron un tiempo en el hospital.

Alcanzaron a huir ciento noventa y cinco presos, entre ellos: Luisa y Simone. Tres meses después, cinco de los presos convalecientes huyeron del hospital; "Indio" iba adelante.

La mañana siguiente a la noche en que "Indio"

escapó, el Sargento Milton, a punto de alcanzar la total recuperación, amaneció muerto. El otro policía que se recuperaba en el mismo cuarto, dijo que, aunque no podría asegurarlo pues estaba todavía bajo fuertes medicamentos que lo dejaban "tonto", casi tenía certeza de haber visto entre sueños a "Indio" y a otro tipo, *aquél*, el mexicano –eso último lo dijo con embarazo y alzando los hombros, como, él mismo, reconociendo la poca probabilidad, lo absurdo del hecho-, a los dos, entrar a su cuarto aquella noche...

Sobre las diez de la mañana Luisa despertó. Después de pasar un rato desentumiéndose, fue con cautela hasta la orilla y bebió un poco del agua del lago, regresó junto al árbol. Cómo le hacía falta Samuel! Pensó en qué haría con su libertad. Sentía mucha hambre. Oyó ruido de helicópteros y decidió esperar. Con las manos removió la tierra para hacer una hondonada y se recostó en ella hecha un ovillo; al nivel del piso y a distancia, nadie conseguiría verla. Hacía frío, pero el sol que se filtraba entre los árboles ya comenzaba a calentar.

Samuel, desde la rama, entretenido, la vio hacer todo eso y quedarse dormida. Pensó en qué seguiría. Ni siquiera podía ayudarla a conseguir alimento. A dónde iría Luisa? Ahora que estaba fuera, y sin él, qué sería de su vida? La atraparían? Conseguiría permanecer libre definitivamente? Conocería a otro hombre? Se enamoraría? Conseguiría olvidarlo -a él- cada vez más durante los días, y empezaría a dejar de soñarlo por las noches hasta olvidarlo por completo? Conseguiría él aprender a tocarla y hacerla sentir "físicamente"? a provocar que le hiciera caso de cosas que él le propusiera y lograse transmitirle? (o todo eso sólo en la medida en que ella lo quisiera?), o sería mejor, más justo, más simple, dejarla en su mundo y en su tiempo, sin entrometerse él demasiado, sólo cuando fuese realmente necesario? Podría? y… *cómo*?

Vagando entre esas imaginaciones, de pronto distinguió el filamento brillante –poco visible por la claridad del día- que subía del vientre de Luisa, cruzaba las hojas de los árboles y se proyectaba hacia arriba. Samuel decidió subir y seguir subiendo hasta alcanzar el alma de Luisa, donde estuviere.

En su sueño, Luisa estaba en la cama de aquel cuartucho de la azotea del edificio de la tía de Samuel, con una bandeja enorme de un desayuno que Samuel le había preparado: café con leche, huevos revueltos con jitomate, cebolla y chile (*à la* mexicana), jugo de papaya, pan tostado con mantequilla y mermelada, *tortillas*, vaso de leche con chocolate y un plato con Corn Flakes y unas rodajas de plátano. Samuel, calladito, la veía, sentado muy modosito en una silla frente a la cama. Serio, las manos en las rodillas, derechito, sin moverse. Después de preguntarle si él había preparado todo eso y señalar hacia la bandeja, ya no lo encontró en la silla. Había desaparecido. Oyó ruidos y voces afuera. Un pleito. Con angustia se levantó tirando la bandeja y trató de salir. La puerta estaba cerrada por fuera y no conseguía abrirla por más que se esforzaba. Oyó que el pleito aumentaba, que golpeaban a alguien que se quejaba terriblemente con voz ronca. Hombres y mujeres discutían, gritaban; desesperada, recogió la bandeja de metal y con ella quebró los cristales de la ventana. Pudo ver a Samuel en el piso, varios hombres lo pateaban y le pegaban con palos de escoba y cubetas de lámina. El Samuel que estaba siendo sacrificado tenía muchos años, el pelo blanco, el bigote también encanecido, arrugas en que se acentuaban las heridas, los moretones, las llagas y la sangre que escurría por ellas. Luisa gritó, desesperada, mientras comenzaba a tratar de salir por la ventana, cortándose ella misma con los vidrios; los que apaleaban al viejo repararon en ella. Entre ellos, descubrió a la mamá de Samuel, el hermano de Samuel, el Sargento Milton, la criada del departamento cinco, Paulão, Simone... todos vestidos como granaderos con uniformes... a lo lejos se veía un mar imposible en la Ciudad de México.

De repente, ella estaba en la parte superior de la azotea, sentada dentro de una de las jaulas para tender ropa. Era de noche. Hacía calor, nada de viento. En el piso Samuel yacía muerto, velas y veladoras prendidas lo rodeaban. La débil luz iluminaba desde abajo a las cinco personas que junto con ella lo velaban, todas sentadas quietas: Lucky Boy, el Sargento Milton, Indio, el Delegado que le diera las noticias de la muerte de Samuel, y la tía que la criara. Todas muertas. Vestían con aquellos uniformes de los regimientos de caballería del lejano oeste, de la época de Custer. Sentía angustia, miedo, asco. Mirando hacia arriba por entre la tela de alambre de la jaula, veía que la noche era una noche extraña, obscura de un modo diferente, y que el cielo tenía tonos escarlatas y morados. Luisa se levantaba con miedo, con unas ganas inmensas de llorar que le apretaban el pecho desde dentro, caminaba hacia el extremo. En el firmamento la luna era Saturno y, hacia el poniente, Venus tenía la forma de la luna de la Tierra. En lo alto, tres Venus idénticas eran las estrellas del cinturón de la constelación de Orión. De pronto, ya estaba al borde de la azotea. Un viento caliente le volaba el largo cabello, estaba desnuda. La espantó ver, a un metro, a su lado, los focos de los enormes números del reloj electrónico de la Torre Latinoamericana (en la azotea de su edificio? en el lugar del anuncio de vodka?). El indicador de las décimas de segundo parpadeaba a gran velocidad. Le daba vértigo; extrañada, miró hacia abajo. No había Ciudad de México y ella estaba muy, muy arriba. En lo alto de la Torre, salvo el reloj luminoso –y por el deslumbramiento y el contraste provocados por él mismo-, todo estaba oscuro. Intentó distinguir qué había abajo en vez de las luces de la ciudad. Apavorada, entre sombras y a intervalos, iluminados por los cambios de los números en el gran reloj, distinguió bultos enormes, sobre un líquido, cual aceite, que a veces alcanzaba a verse allá abajo. Eran los cerros, *morros*, piedras y montañas de Río de Janeiro, incluido el *Pão de Açúcar* y el *Corcovado*, pero sin El Cristo. El vértigo la hizo estremecerse, perder el equilibrio; gritó un grito sin sonido, desesperado, mientras iba cayendo desde las alturas hacia las obscuridades del espeso mar entre los bloques de piedra de los montes.

Y a mitad de la caída encontró a Samuel.

Estaba tranquilo, sonriente. Luisa vio que era de día y que abajo de ellos había árboles, un lago… Samuel la tomó de la mano y la condujo flotando suavemente hasta una de las ramas de un árbol. Luisa vio su propio cuerpo, unos metros abajo, hecho bolita dentro de un hueco excavado en la tierra, durmiendo. Un cordón plateado brillante, que ondeaba, llegaba al piso y serpenteaba entre las plantas, la conectaba con su cuerpo físico. Permanecieron sentados durante mucho tiempo sin decir nada, tomados de las manos.

Luisa fue la primera en hablar, sin voltear a verlo, sólo viendo su propio cuerpo, allá abajo.

-"Existes realmente... verdad?"-

-"Supongo que sí, de alguna manera- le contestó Samuel, dudando, se sorprendió de no haber tenido que leerle los labios para entenderla -...por lo menos, cada vez que realmente me recuerdas con ganas, con fuerza..., con intensidad, por lo menos..."-.

-"Con gusto... con mucho amor"- Luisa lo vio.

-"...o con dolor... o con rabia...- aclaró Samuel –, no importa... estoy presente..."-

-"Quiere decir...- lo interrumpió Luisa

-"...importante –continuó Samuel interrumpiéndola a su vez-, lo verdaderamente importante es que no llegue el olvido –ahora él la vio-, el olvido es muy triste, es como si el alma se muriera; desaparece... se pierde... en algún lugar, pero a la vez se queda muy triste, solita... - Samuel estaba a punto de llorar, Luisa le apretó la mano-, entiendes?"-

Luisa asintió con la cabeza.

-En cambio... - Samuel se recompuso un poco, se animó dentro de su tristeza- en cambio, con el recuerdo uno se queda, permanece..., uno vive... de alguna forma, y hasta se llega a vivir mucho, mucho tiempo – Samuel se calló. Luisa no sabía qué decir–. Me gustaría seguirte viendo, ver que estás bien, que llegas a vivir muchos años, verte viejita, rodeada de gente, de cuidados y de amor, conocer a tus hijos, a tus nietos… como si fueran míos…"-Samuel lloraba.

-"Y cuidarme *tú* también" –lo interrumpió Luisa.

-"Claro, estoy aprendiendo –Samuel sonrió-, recuerdas cuando el guardia cerró los ojos, frente a tu celda?"

Luisa levantó las cejas y sonrió:

-"Fuiste tú? lo hiciste *tú*?"- le preguntó.

Samuel dijo que "sí" sin hablar, apretando los labios.

-"En cierta forma –reflexionó-, más que nada fue él, sus remordimientos, sus culpas y arrepentimientos, pero eso de que los fantasmas podemos tirar cosas, mover objetos, mesas… eso no es cierto".

Luisa lo abrazó emocionada. Luego se separó y le dijo:

-"Voy a recordarte siempre, por siempre… por eso, ni te preocupes"

Como si no la hubiera escuchado Samuel comenzó:

-"Una noche, volando por *Natal*, las costas del Noreste, vi la imagen de Cristo, inmensa, gigante… y otras noches ya vi las de otros grandes hombres, grandes espíritus… que en vida hicieron grandes obras.

-"A ellos los recuerda mucha gente… por mucho tiempo" –reconoció Luisa.

-"La vida de los fantasmas nos la dan ustedes, los vivos. Y puede ser inmortal".

-"Pero también –reflexionó Luisa- ha de ocurrir con los terriblemente malos, también se quedan, ahí están, o no?"

-"No he visto ninguno de ésos… bueno, sí, Bentão en la prisión; pero así, grandes, recordados por mucha gente, llamados, de los que están ahí vigentes, ninguno…, pero debe haber -(*es lógico que haya también muchos malos que permanecen por muchas razones*…) Samuel pensó-… pero su existencia ha de ser diferente a la de los otros. Yo mismo me siento muy distinto cuando me llamas y me traes porque me piensas cuando te cantaba o te besaba y bromeábamos mientras veíamos estrellas…, a cuando me recuerdas golpeándote, en mal plan, terrible… y también las personas vivas se sienten diferentes cuando llega o se hace presente el fantasma de uno en buen plan, o haciendo cosas malas, como las que hacía en vida".

-"O como las que nosotros le hacíamos. Tal vez nosotros lo hacíamos sufrir".

-"Exacto, y la conciencia no nos deja en paz. Nos portamos mal con ellos… y se nos 'aparecen' para cobrarnos, para reclamar, pero es la conciencia de uno mismo; si de repente coinciden cosas o se cae algún objeto, piensan -Samuel abrió más los ojos e hizo tono solemne- que 'fue el fantasma', porque no están en paz".

-"Y yo, cómo me porté?" –preguntó Luisa.

-"Como un ángel –le contestó Samuel-; yo fui el que no lo supo hacer muy bien que digamos" -recordó con tristeza.

-"Pero ahora lo estás haciendo perfecto"- lo animó Luisa.

-"Sólo porque me quieres mucho… porque me amas – dijo Samuel, llorando-, porque si no…, y porque voy aprendiendo poco a poco… y aprenderé más, te lo prometo. Sigue uno aprendiendo muchas cosas… y mientras más "vivo" siga uno…"

-"Ya te dije que te voy a recordar siempre, cada día,

siempre".

-"No, Luisa, me irás olvidando poco a poco, es lo normal, lo lógico –Samuel, triste, trataba él mismo de convencerse-; mira, si ya en este tiempo noté que cada vez pensabas menos en mí durante el día…"

-"Ah! pero era por otras cosas –replicó Luisa-, y ahora que sé que tu propia existencia depende de eso…"

-"No, Luisa, no es tan así: de alguna forma uno, el alma, la energía, sigue viviendo; de alguna manera, sólo que diferente, más pálida y muy triste y débil si queda en el olvido; es difícil explicar… además, sería muy egoísta pretender que para que yo viva radiante y con fuerza más años en este otro mundo, tú tengas que pasarte la vida pensando en mí! tú tienes que hacer tu vida, tus cosas, pensar en ti, en otras personas que conocerás, que amarás."

-"Tú fuiste '*mis cosas*', tú eres '*mis cosas*', te amo a ti y no voy a amar así a nadie nunca más" –dijo Luisa convencida.

Samuel negó con la cabeza expresando su incredulidad amablemente, con nobleza.

-"Ni a mí creo que me gustaría –le dijo sonriendo, como con nostalgia- tienes que disfrutar y vivir intensamente *tu mundo*, sacarle el máximo jugo, el máximo partido, para no luego andarte arrepintiendo como yo, o que se arrepientan los otros de lo malo que tú les hayas permitido que te hicieran, o andes con miedo del olvido, o siendo mal recordada, 'mal nacida'. Para que no te arrepientas… mejor vivir bien… y morir bien y tranquila… no te preocupes por mí, el alma ha de existir de por sí, sólo que con el recuerdo adquiere fuerza, 'vida'… y con los buenos recuerdos la pasa bien *en vida.* Pero el alma ha de seguir viva de cualquier forma -Luisa lo escuchaba, emocionada-; además, yo mismo tendré mucho que hacer... no voy a estar todo el tiempo cuidándote –Samuel sonrió-, así, cada segundo, como a niña chiquita... no voy a poder estar todos los días haciendo que alguien cierre los ojos..." –Samuel trataba de parecer alegre, de convencerse él mismo. A pesar de la sonrisa, se le veía en la cara una profunda tristeza.

Luisa le apretó muy fuerte las manos e iba empezar a hablar cuando él se le adelantó:

-"Mira, por ejemplo, ahorita mismo –mintió- tengo que ir a practicar aquellos dichosos vuelos de trasportación instantánea a distancia... si no, ya ves que no consigo llevarte a las estrellas que quiero, que te gustan...-Luisa se recargó en su hombro-, pero aquí estoy y ahí estaré, siempre contigo y siempre presente para ti, cuidándote, apoyándote, protegiéndote sin que te enteres. Tú sí, nunca, nunca estarás sola. Sólo llámame si me necesitas, para hablar o para algo; y, a veces, estoy seguro, hasta te llegaré de sorpresa, sin que los esperes, siempre como tu Ángel de la Guarda, tu protector particular, que es en lo que muchas veces se llega uno a convertir –Samuel le daba ánimos, vio el cuerpo dormido de Luisa, los pájaros en las copas de los árboles, dos jardineros a lo lejos, trabajando– y si ya de plano no me recuerdas mucho, si quieres, podemos quedar de vernos, por lo menos... por lo menos una vez al año, sólo para que no me olvides por completo, una vez al año, en el mismo lugar siempre, si tú quieres..., volverás a México?"

-"No sé..."– le contestó Luisa.

-"Bueno, si es allá, podríamos vernos en lo alto de la Torre Latinoamericana, o en la azotea de aquel edificio; y si es aquí, en Brasil… en aquella banca de Río, en Copacabana, o en donde me hayan enterrado, ahí, en esa tumba, que ni sé…".

-"No digas eso!, vas a estar siempre presente, vamos a vernos siempre. Irás conmigo. Además, dudo que me quede en Brasil, por lo que pasó, supongo que me iré lejos".

Luisa notó que Samuel no la veía, los ojos del fantasma miraban hacia la vereda por la que los dos jardineros ya se aproximaban. Samuel la apuró.

-"Anda, vete ya, esos tipos pueden descubrirte. Y vete con mucho cuidado, por lo que más quieras"- le dio un beso a Luisa en la mejilla. Luisa le buscó la boca con la suya, lo besó. Luego de unos segundos, Samuel le tomó los brazos, la apartó:

-"Anda –le dio ánimo, convenciéndola-, no te puedes tardar más… -jugó con el idioma:- *a gente se vê… por ahí*".

Samuel vio el filamento de plata acortarse y el alma de Luisa reintegrarse a su cuerpo físico acostado en el hoyo. La vio despertar, ver hacia todos lados, principalmente hacia los jardineros que se acercaban cada vez más, y luego, levantarse para caminar, disimulando –como si nada-, en la otra dirección.

Samuel, desde el árbol, la miró alejarse. Una aura blanca muy tenue la envolvía. -"*No me olvides*" –pensó Samuel. Luego, sintiendo que había sido una larga noche y que él había hecho bastante, decidió que lo de la práctica del vuelo a las estrellas podía esperar, como también el regreso al presidio para ver cómo había acabado todo.

Estaba cansado. Se recostó en el tronco del árbol y estiró cómodamente las piernas. Su imagen iba desapareciendo lentamente.

CAPÍTULO XVI

Samuel sintió una fuerte sacudida y se sorprendió de aparecer de pronto junto a Luisa, que caminaba tranquila entre los árboles unos cincuenta metros adelante de donde la había observado por última vez.

-"Ves que no es tan fácil? –le dijo Luisa con una sonrisa retadora- no te vas a librar de mí". A Samuel le extrañó sobremanera que ella pudiera verlo y hablar con él aun estando despierta (o ella estaba soñando? estaba en un viaje astral con ella?); buscó su cordón plata.

-"No sólo tú aprendes, yo ya aprendí cosas, también, al escucharte –le presumió Luisa-, y te repito, no te librarás de mí".

-"Ni quiero! –dijo Samuel- lo que te dije es para que te sientas libre, sin la obligación de cargar conmigo, sin que pienses que me debes algo, ni el recordarme, entiendes? Sé feliz…"

-"Seré feliz… contigo"–. Para Luisa, Samuel no era más un muerto.

Se detuvieron; Samuel, tremendamente emocionado, trató de resumir lo que sentía, lo que pensaba, lo que soñaba. Y entonces habló, se soltó a hablar como nunca, con pasión y convencimiento, de lo que sabía y había aprendido, sentía que las palabras le salían naturalmente, sin pesarlas:

-"Luisa, tú haz tu vida, deja que las cosas sucedan. Ya me has dado vida suficiente y sé que permaneceré y que todo se irá dando bien; creo que no lo hice tan, tan mal en vida, y que el balance resultó positivo. Y estaré bien, no porque vayas a llamarme, recordarme o tomarme en cuenta, sino sólo porque me amas y yo te amo y ésa es la única fuerza en el universo que puede realmente vencer la incomunicación, el aislamiento y la soledad de la muerte, la única que puede trascender al "más allá", cruzar barreras, límites y mundos. De hecho, ese "más allá" se refiere al tiempo, no al lugar, pues seguimos juntos, muertos y vivos, en el mismo mundo, en el mismo universo, sólo que en niveles de energía diferentes. Tú vas a ver...compartiremos noches, madrugadas, puestas de sol, viajes a las estrellas, tendremos hijos -aunque tú los concibas como quieras, con quien quieras (mi amor ya es diferente y no te estorbará..., a nadie) –, y esos hijos, y los nietos, serán también tuyos y míos, los consideraré nuestros y yo los cuidaré, como a ti... me entiendes?"".

Luisa asintió sin decir nada, sólo apretó los labios. Samuel continuó:

-"Tendremos todo el tiempo del mundo en tu vida... toda, y luego, cuando mueras, ya después, también, en éste y otros mundos, otras dimensiones y otras realidades, para hacer de los momentos que no tuvimos, de los momentos que solamente soñamos, nuestros momentos más perfectos. Te das cuenta? Nuestros mejores momentos serán aquéllos que no compartimos pero que siempre soñamos, y que ahora vamos a poder construir con calma, poco a poco, en el transcurso de la eternidad, sólidos, perfectos. Los dos, por el amor, querremos ser mejores y seremos mejores, cada uno en su lugar y con sus cosas, pero con la intención de agradarnos y hacernos sentir mejor cuando nos encontremos, dándonos lo mejor que tengamos, dos seres sin egoísmo, haciendo que, cada día, uno se sienta orgulloso del otro cuando se vean desde donde estén. Te cuidaré. Nos amaremos con un amor sin celos, sin trabas, sin trampas ni bajezas, como es el verdadero amor, porque a fin de cuentas el amor es eso: *amor es construirnos un fantasma en vida*, que está siempre con nosotros, que nos sigue a todos lados y que va con nosotros a donde vayamos porque *nosotros queremos llevarlo siempre con nosotros*; y le damos vida a cada momento para que esté –y está- siempre junto, dentro de nosotros, dentro de uno mismo: un fantasma con el que hablamos en silencio, en privado, bajito, nuestros miedos, nuestros gustos, nuestras penas. Y no le mentimos nunca porque no queremos. Y ocurre que ese fantasma está todo el tiempo presente y se queda *en* nosotros cuando su cuerpo físico, el de nuestro amor, de nuestra pareja, se va de viaje o a su casa a dormir o a su escuela… su trabajo, y no nos damos cuenta de que existe porque lo tenemos vivo todavía al otro, al cuerpo físico de aquél que amamos y su energía está repartida entre ambos y se confunde. Pero en esencia es lo mismo, sólo que al morir ya toda su energía queda fuera de su cuerpo y el fantasma cobra una vida independiente y puede llegar a tener una existencia trascendente. Y así como nosotros tenemos que aprender a ser fantasmas, ustedes tienen que aprender a amarnos y a tratarnos y a convivir con nosotros sin miedos ni complejos. Pero todo, en esencia, es lo mismo. Antes y después. Dentro y fuera. En la vida y en la muerte. Cuerpos, almas, energías, consciencias, fantasmas y dioses son fases, caras de una misma existencia eterna e infinita, continuada hacia adelante y hacia atrás, y todo, todo se da, se mantiene, se agiganta, se conserva y se guarda... por el amor, *en virtud del amor*. Todo depende del amor. Como esta plática, que sólo la tenemos porque tú me amas, porque tú me quieres a tu lado, porque tú me llamas..."

Luisa pensó que tal vez era sólo ella misma hablando con la consciencia que tenía de Samuel... tal vez... Pensó que hay cosas que no sabremos nunca con certeza, hasta el momento de morir. Pero ahí, en ese tiempo y en ese espacio, ella tuvo certeza de que existían los dos. Ella... *y también Samuel*.

Permanecieron un buen rato observándose, analizando sus rasgos. Después, comenzaron a caminar en silencio. Sus siluetas se hacían *una* con la armonía de la naturaleza.

Era casi mediodía del veinticinco de Diciembre. Las misas, desde temprano, en homenaje a Jesús, los niños que jugaban con los juguetes traídos por *el Niño Dios*, las mujeres de los muertos en la revuelta, pidiendo ayuda, perdón y misericordia para todos, la gente conmemorando en los parques, los campos y la red, los programas de radio y televisión recordando la figura de aquel legendario personaje, todos teniendo consciencia de su vida, de su sacrificio, de su obra, hacían, con sus sentimientos y emociones –menos ruines que normalmente-, esa mañana, que la figura astral de Cristo, su *fantasma*, estuviese más grande y firme que otras veces y los puntos brillantes que lo formaban pudiesen ser vistos por Samuel aun en el aire claro de la mañana. Jesús de Nazareth estaba más vivo que nunca y, con ese su rostro enorme agigantado por la energía de las multitudes en los siglos, ahora fue *él* el que sonrió con inmensa ternura al percibirlos, al ver en aquella vereda de aquel bosque en medio de un lejano país en ese mundo azul llamado Tierra… a la mujer que caminaba tranquila y confiada en el futuro, y un poco atrás y por encima –como un ángel guardián, un perro fiel, un humilde escudero, un padre protector-, el fantasma de Samuel que iba con ella.

(El cuerpo de Luisa fue encontrado al mediodía –por los dos jardineros- en el pequeño foso que ella había cavado para descansar).

FIN

ÍNDICE

www.ingramcontent.com/pod-product-compliance
Lightning Source LLC
Chambersburg PA
CBHW020437180626
46812CB00003B/1285